最後に大きく突かれて体内の奥深い部分に欲望を叩きつけられ、同時に前を強く扱かれたことで自身も射精を果たす。 （本文より抜粋）

DARIA BUNKO

秘書様は溺愛系

若月京子

illustration※明神 翼

イラストレーション❋明神 翼

CONTENTS

秘書様は溺愛系

★
★
★

相良真白《さがらましろ》は二十歳になったばかりの大学二年生。

けれど、子供の頃にとても体が弱かったせいか、身長は平均よりも低い。おまけに母親譲りの可愛い顔立ちをしているため、年相応に見られたことがなかった。

それどころかいまだに高校生に間違えられて補導されかかったりするため、年齢の記載されている学生証を常に携帯しておく必要がある。

成人した今も両親にとっては病弱だった頃の記憶が残っているせいか、真白に対して過保護なところがあった。

「真白～、真白～、ちょっと来なさい」

階下からがなりたてるような声が聞こえてきて、ソファーでゴロ寝してテレビを観ていた真白は立ち上がった。

真白の父親は、業界トップのファミリーレストランチェーンを経営している。親から受け継いだ小さな洋食屋を一代で大きなチェーン店に育て上げただけあって、強引で人の言うことを聞かないところがあるが、家族思いのいい父親だ。

がなりたてるような声もいつものことで、真白は特に気にすることなく一階へと下りていった。

「なんか用～？」

「今夜、飲食店業界の関係者が集まるパーティーがある。お前ももう二十歳《はたち》で大人なんだから、私と一緒に来なさい」

「ボクも？　でも、仕事のこととか全然分からないけど」

「顔見せだけでいい。私の息子として、隣にいればいいんだ。服は、この間オーダーしたスーツでな」

「はーい」

どうせすることがあるわけではないし、まぁいいかと頷《うなず》く。

二十歳のお祝いにとオーダーメイドで作ってもらったスーツが着られると思うと、少しだけ嬉しかったのである。

出かける時間に合わせて支度をして、父と一緒に車に乗る。

「今夜のパーティーには、鷹司《たかつかさ》家の次男が来るようだ。レストランをいくつか成功させて、今度はファミレスに手を出すという話だが…お前と同じ年だというじゃないか。うちの経営戦略室の幹部たちも、油断できないと報告をしてきたぞ。どうも、長嶺《ながみね》とかいう秘書がかなりの切れ者らしい。お前も、そろそろ私の跡を継ぐことを考えて、仕事を覚えていかんとな」

「え……」

真白に甘い父は今までそんなことを言ったためしがなかったから、真白は少なからず戸惑った。

「お前はどうも、お母さんに似てのんびり屋だからな。しかし頭はいいんだから、少しずつ私の仕事も覚えていきなさい」

「うん……」

そんなことを言われても、まだ大学生である。しかも二年生。周りも、三年生になったら就職活動で忙しくなるから、今のうちに遊んでおこうという感じだ。

それなのにもう仕事を覚えろと言われても、戸惑うしかない。

「うんじゃない、はいだ。もう二十歳なんだから、甘えた言い方をするんじゃない」

「……はい」

お出かけだ、パーティーだと呑気《のんき》にはしゃいでいた真白は、いつもと様子の違う父に頭を押さえつけられてシュンとした。

ホテルの大広間を使ってのパーティー会場は、人で溢《あふ》れている。ビジネススーツを着た男性の姿が目立つのは、ここが商談の場でもあるからだ。

こういうパーティーは初めてだから、物珍しくてついキョロキョロすると、父に叱られる。

「キョロキョロしないっ。落ち着きなさい」

「はーい」

あちこちで談笑していて、真白の父も次から次へと話しかけられるが、なんといっても多くの人に囲まれているのは鷹司帝人《ていと》だ。

同じ年というだけでなく、同じ大学、同じ学部に通っている真白は帝人のことを知っているが、まだ一度も話をしたことはない。

群を抜いてハンサムなうえに鷹司財閥の子息で、自分でも事業をしているという帝人は大学でも目立っている。取り巻きともいえる人間が数多くいるものの、恋人である中神八尋《なかがみやひろ》としか一緒にいようとしなかった。

他の人間に対しては「あっちに行け」という目つきで睨《にら》み、人を寄せつけないオーラを発している。真白などは怖くてそばに行けなかった。

ビジネスの場である今はさすがに愛想よくしているが、すでに彼に対して苦手意識のある真白には迫力があって近寄りがたい。

「若さゆえのアイデアと思いきりのよさで知られている男だ。ファミレス業界にとって、台風の目になるかもしれん。我々も挨拶《あいさつ》をしておこう。直接話をしてみたい」

「え？　やだ」

「真白っ」

小声で叱りつけられ、真白はプウッと頬を膨らませる。

「鷹司くんって、なんか怖いんだよ。暴力的とかじゃないけど、いつも周囲の人間を威嚇《いかく》してるし。同じ大学で接点があるからこそ、ボク、鷹司くんに睨まれたくない」

「情けないことを言うんじゃない。睨まれたら、睨み返すんだ。闘う前から、尻尾を巻いて逃げ出すのか？」

「闘う気なんかないもん」

どう見ても格の違う相手に挑むほど真白はバカじゃないし、そんな度胸もない。怖かったり苦手だったりする相手とは距離を取って、不必要な接触はしないのが一番だと思っていた。

なのに父は、真白の手を引っ張って帝人のところに連れていこうとする。

周りにたくさんの人間がいる場所で子供のような駄々は捏《こ》ねられないので、真白は引っ張られるままになるしかなかった。

「……鷹司さんですね？　どうも、はじめまして。相良と申します」

「はじめまして、鷹司帝人です。ご高名はかねがね――」

そんな挨拶から始まって、ついでに真白も息子だと紹介される。

緊張した顔でこんばんはと言った。

「相良くんは、同じ学部の同期生ですよね」

「は…い」

初めて見る笑顔の帝人にそう言われ、真白は帝人が自分を知っていたことに少しだけ嬉しくなる。

けれど大学での彼を知っているだけに気後れして、こんばんはと言ったきり言葉が続かなかった。

あとは父と帝人の二人でにこやかな…だが、互いの腹を探り合う会話が続く。

「相良さんのところは、業界トップですからね。私どもも、相良さんを目指してがんばりたいと思っております」

社長としての実績を築き上げている真白の父に、帝人は一歩も引かない。堂々とした態度で真白の父と対等に渡り合っていた。

そんなところも真白が帝人を苦手だと思う部分で、とにかく迫力があって怖いのである。

「キミのレストランはとても評判がいいから、ファミレスにも進出すると聞いて戦々恐々《せんせんきょうきょう》としていますよ」

バチバチと火花が飛ぶような二人のやり取りに真白が怯《ひる》んでいると、帝人の隣にいる秘書だと紹介された長嶺と目が合う。

男性的で端整な顔立ちだが、帝人とは違ってどこか優しげである。黒々とした切れ長の目ではあるが、怖くはなかった。

真白が理想とする大人の男性像に近い。自分が大人になったらこうありたいと思える姿で、真白は思わず見とれてしまった。

　穏やかに微笑む長嶺にはホッと息をつくことができる。

　真白がそんなことを考えながらぼんやりしていると、長嶺ににっこりと微笑みかけられる。

「飲み物でもいかがですか？」

　そう言われてみれば、少し喉が渇いている。

　この場を離れてもいいかと尋ねるように父を見ていると、父は頷いて了承した。

「バーコーナーはあちらですよ。お酒は飲まれますか？」

「あまり強くないので……」

「それは、可愛らしい」

　子供だと言われたような気がして俯く真白に、長嶺は優しく言う。

「からかったわけでも、バカにしたわけでもありませんよ。うちの社長もまだ二十歳なのに、実に可愛げのない酒豪でして。同じ年なのに、初々しくて可愛らしいと思っただけなんです」

「……」

　友人たちにハムスターだのウサギだのに似ていると評される真白は、可愛いと言われることも多い。大学生になった今でも男女問わず言われたりするが、それが「人畜無害」という意味でもあると知っているので複雑な心境だ。

　けれど実際のところ、オーダーメイドのスーツを着たいかにも育ちのよさそうな真白が、ビ

ジネスパーティーという場違いな空間で居心地悪そうにしている姿はけなげで可愛らしい。

特に年配の人ほど、目を細めて見る傾向にあった。

「悪い意味で『可愛い』と言っているわけではないので、気にしないでください。さぁ、行きましょうか。喉が渇いたでしょう?」

そう言って真白の背中にそっと触れ、エスコートする。

「オレンジジュースに、少しだけお酒を入れてもらいましょうか? 酔わない程度に。気分がリラックスしますよ」

「はい」

アルコールには弱いが、飲むこと自体は嫌いじゃない真白はコクコクと頷いた。

バーカウンターに着いて真白の背中から手を離すとき、長嶺に撫《な》でるようにされて真白はゾクリとしたものを感じる。

注文した飲み物はすぐに作られて、真白はそれを受け取ると長嶺とともに壁際の人の少ない場所へと移動する。

「相良さん…は、少し堅苦しいですね。お父上と混同してしまいますし。真白くんとお呼びしても?」

「あ、はい」

「真白くんは、うちの社長と同じ大学ですよね? 先ほどの様子から察すると、敬遠したい相手のようでしたが」

その言葉に、真白は慌ててブンブンと首を横に振る。

「い、いえ、とんでもないっ。でも、あの…嫌いじゃないんですけど…ただ、鷹司くんは、なんていうか…迫力がありすぎて。ボクが勝手に気後れしてしまうんです」

「ああ、あの人、鬱陶《うっとう》しいほどの生気に溢れていますからね」

「う…鬱陶しい？」

上司のことをそんなふうに言ってもいいものなのかと、真白は首を傾げる。

「鬱陶しい…とまで言うのはどうかと思いますけど、ええっと、でも、そういう感じ…です」

「私は学生の頃、社長の家庭教師をしていたんですよ。子供の頃から、彼を知っているんです。もう、本当に、可愛げのない子供でした」

「可愛げ……」

今の帝人からは程遠い言葉だ。それに、あの帝人の子供の頃というのも今ひとつ想像できない。

何しろまだ大学生で、遊び気分の年齢なのに、帝人はもう立派に大人の男の顔をしているのである。

いつまでも子供に見られる真白とは正反対で、真白は自分の子供っぽさに落ち込んでしまった。

「………」

カクテルを飲みながら真白が考え込んでいると、長嶺は真白の額を優しくツンツンとつつく。

「……悩んでいる顔をしていますね。せっかく綺麗な顔なのに、眉間に皺《しわ》を作ってしまってはもったいないですよ」

「今日、父に…そろそろ跡継ぎとしての仕事を覚えていけって突然言われて…なんだか、戸惑ってしまってます。鷹司くんは学業と社長業を両立させてすごいとは思いますけど、ボクには絶対に無理だと思うんです」

「なるほど…それは確かに大変ですね。いつでも連絡をください。私でよろしければ、相談に乗りますよ」

そう言って長嶺は、名刺を取り出す。そして裏にサラサラと携帯電話の番号とアドレスを書いて真白に渡した。

「長嶺さん……」

「よろしければ、真白くんの番号もいただけますか？」

「あ、はいっ」

真白は慌てて携帯電話を取り出すが、長嶺と違って名刺を持っていないから書くものがないとオロオロする。

長嶺はクスリと笑って自分の携帯電話を取り出すと、赤外線通信を使って互いの情報を交換した。

「これで、いつでも連絡が取れます。実は私は、真白くんの大学の先輩なんですよ。あそこを卒業しましたから」

「そうなんですか？」

「ええ。卒業してからずいぶん経ちますが、教授陣はそれほど変わっていないようですね。筒《つつ》井《い》教授は相変わらず厳しいですか？」

「はいっ。チャイムが鳴り終わった後に行っても教室に入れてくれないし、講義中もバシバシ当てられます。しかもそのときの対応を全部メモしてて、バッチリ成績に反映されるから、みんな必死です」

「同じだ。変わっていないな。じゃあ、佐々木《ささき》教授も変わらずかな？」

「ずーっと自分の本を読み上げて、ボクたちはずーっとそれを書き取ってます。文字を書くのでいっぱいいっぱいで、全然内容が頭に入ってこないんです。筒井教授は大変でも実になるけど、佐々木教授のは意味ないってみんなブーブー言ってます」

「やっぱり同じだ。変わらないなぁ」

長嶺も真白と同じ大学の卒業生ということで、話が弾む。

名物教授や安くてボリュームのある学食、長嶺が卒業してからできた女の子に人気のおしゃれなカフェテリア。

ほんの少しのアルコールの力と長嶺の気遣いで、真白はやっと肩から力が抜けた。

ニコニコして父のところに戻り、それからは知らない人たち相手にひたすら愛想笑いをすることとなった。

緊張の二時間を過ごして、ようやく帰る車の中、父親がやたらとうるさかった。

どうやら帝人と話して感銘を受けたらしく、まだ若いのに大したものだと賞賛している。

彼を見習いなさいとも言われたが、帝人と真白ではあまりにも違いすぎる。どこをどう見習えというのかと、戸惑うしかない。

滔々《とうとう》とまくしたてる父の言葉を適当に聞き流しながら、真白は嫌な感じと膨れっ面になった。

家に戻って早速風呂に入り、パジャマに着替える。

部屋でテレビを観ていると、携帯電話が鳴った。

「誰だろ」

手を伸ばして携帯電話を取り、表示された名前に驚きの声を上げる。

「長峰さん⁉」

ほんの数時間前に別れたばかりである。

真白はドキドキしながら通話ボタンを押した。

「こ、こ、こんばんは」

『こんばんは。夜分に申し訳ありません。もうお休みでしたか？』

「いえ、起きてました。いつも、十二時くらいまでは起きてるんです」

『そうですか、それはよかった。今日のパーティーはどうでしたか？　疲れませんでした？』

「ああいう場所は初めてだったので、やっぱりちょっと疲れました。鷹司くんはすごいですよね。堂々としてて」

『あの人は、パーティーには慣れていますから。緊張するのが普通です』

「そうですよね。鷹司くんが普通じゃないんですよね。……なんかもう、父が大変なんです。鷹司くんの影響だと思うんですけど、お前ももう二十歳なんだからとか、もっと大人になれとか、跡取りの自覚を…とか帰りの車の中でさんざん言われて。ボクと同じ年なのに、経営者としてしっかりやっている彼を見て、焦《あせ》ったんじゃないかな…と」

『そうかもしれませんね』

「ボクが、鷹司くんみたいになるのは無理なのに……」

『あの人は、幼い頃から英才教育を受けているんですよ。鷹司家の子息としての帝王教育も。それにもちろん、本人の性格的にも経営者に向いているからできることで、普通の大学生には無理です。比べるほうが間違っていますね』

その言葉に、真白は味方を得た気分で勢いづく。

「そうですよねっ。鷹司くんは、特別ですよねっ。大学で見かけても、鷹司くんと中神くんって普通と違うというか…周りから浮き上がってピカピカしてます。もちろん二人ともに飛び抜けた美形っていうのもあるんですけど、それだけじゃなくて…ボクたちとは違うんだって思うんです」

『二人とも、扱いにくい性格ですからね。社長は子供の頃から俺様だし、八尋くんは人に懐かない山猫のようだし』

「山猫！　それ、ぴったりです。すごく綺麗なんだけど、迂闊《うかつ》に近づくと引っかかれそうな感じで。引っかかれなくても、あんな綺麗な人にあっち行けって睨まれたら…って考えるだけで怖くて、声がかけられないんですけど」

『真白くんなら大丈夫ですよ。下心がありませんからね』

「下心？」

『八尋くんは、あの美貌ですから。昔から男に言い寄られたり、ストーカーされたりして大変だったようです。あの近寄るなオーラも、そうして身につけたんでしょうね。どうもおかしなフェロモンが出ているらしく、ノーマルな男にすら襲われそうになって、友達はできなかったようです。真白くんのような子なら歓迎されるでしょう』

「そ、それは、大変…そういえばボクの友達も、色っぽいとかなんとか言ってました。彼女がいるやつまで」

『八尋くんも苦労が絶えませんね。たいていの男は、下心なしでは八尋くんを見られないようなので、今度真白くんから声をかけてあげてください。とっつきにくく見えますが、根はいい子ですよ。家事万能で料理も上手な才色兼備ですから、勉強を見てもらうのもいいかもしれません』

「うっ…でも、声をかけにくいですよ。中神くん一人でも近寄りがたいのに、鷹司くんと二人でいると、もう……。アグレッシブな肉食系の女の子以外、無理です。近寄れません。中神くんは無意識のうちに周囲を排除してるし、鷹司くんは思いっきり威嚇しまくっているし」

『まったく、あの人は。あれで意外と八尋くんに対してだけは過保護なところがありますからね』

「あれだけの美人じゃ、仕方ないですよ。男にモテるから、心配にもなりますよね」

『そういえば真白くんは、男同士ということについてこだわりはないんですか？』

「んー…あんまり。鷹司くんたちを見て、初めて男同士のカップルを意識したんですけど、へぇって思っただけでした。あの二人だからかもしれませんけど。なんというか、ビジュアル的に綺麗だから、嫌悪感とか湧かないです」

『異なったタイプの美形二人ですからね』

「はいっ。目に麗しい二人です。眼福っていう感じ？」

お互いに信頼して、心を寄り添わせているのが分かる。

二人きりでいるときの帝人の表情は優しいし、八尋も安心してトゲトゲした警戒心をなくしていた。

「あの二人って、二人だけの世界を完成させてるっていうか…だから、割って入るのって無理そう」

『割って入る必要はないんですよ。八尋くんの友達になってあげてほしいんです。社長は忙しい人なので、八尋くんが一人になる時間が多いですから』

「んーんー…じゃあ、機会があったらがんばって声をかけてみます」

『お願いします』

そうはいっても、そんな機会がそうそうあるとは思えない。

すべて同じ講義を取っている二人はずっと一緒だし、昼食も手作りの弁当を持ってきて二人だけで食べているのである。

真白は真白で友人たちと過ごしているし、同じ大学の同じ学部でも、自ら動かないかぎり意外と接点はないものだ。

長嶺には声をかけてみると言ったが、そんな機会はないだろうなぁと考える真白だった。

★　★　★

パーティーのあと、真白への父親の態度が変わった。

真白と同じ年の帝人が社長として立派にやっているのを見て、このままではいけないと焦ったらしい。

　これまでは健康が一番、体は大丈夫かということばかり気にしていたのに、突然あれこれうるさく言い始めたのである。

　お前ももう二十歳なんだからもっと大人になれとか、跡取りとしての自覚を…と毎日のようにがなりたてられる。

　真白は辟易《へきえき》し、真白の母も父を窘《たしな》めようとはするが、父は聞き入れずにガーガーと吠え立てるのだった。

　毎夜電話をくれる長嶺に、真白はそのことを愚痴ってしまう。

　父の望みは真白が帝人のようになることだと分かっているが、自分には無理だとつい泣き言を漏らす。

　父にだって本当はそんなこと分かっているはずなのに、真白にその無理を求めているのである。

　しょんぼりとする真白を、長嶺は慰めてくれる。

　過去、帝人の家庭教師をしていて、現在は秘書という立場の長嶺なので、真白は何も悪くないと言ってもらえるのは嬉しかった。

　帝人は特別で、子供の頃からそれだけの教育も受けているのだから、いきなり真似をしろと言われても無理だと言ってくれた。

なんなら帝人の秘書をしている自分が真白の父に説明しようかとも言ってくれたが、真白は自分でなんとかしてみると断ったのである。

しかし最初のうちは穏やかな口調で帝人のようになるのは無理だと言っていた真白だが、そんなやり取りが何日も続くとイラついてしまう。

いつしか親子の会話は喧嘩腰《けんかごし》になっていた。

そしてそんなある日、真白はついに苛立《いらだ》ちを爆発させる。

「だから、何度も言ってるけど、ボクは鷹司くんじゃない！　あんなふうになるのは無理だし、期待されても困る」

「同じ年なんだぞ。無理なことがあるかっ」

「お父さんは、分かってない！　鷹司くんは、小さいときから一生懸命経営学とか帝王学とかを勉強してきて、今の鷹司くんになったんだ。ずっと努力してきた人に、同じ年だからっていう理由だけで追いつけなんて、無理以外の何⁉」

「簡単に無理と言うなっ」

「簡単なんかじゃないよっ」

もう何度も繰り返されてきたやり取りである。互いに譲らないため、まったく進展がないのだ。

真白だってできることなら父の期待に応えたいとは思うのだが、その期待が無理難題のレベルなのだからどうしようもない。

「お父さんのバカーッ！　家出してやるーっ‼」

真白はそう怒鳴って、家を飛び出した。

心の中で「お父さんのバカバカバカ、分からずやっ」と怒りながら走り続け、疲れたので足を緩める。

はぁはぁと荒くなった呼吸が収まってくるとともに気持ちも落ち着いてきて、家出してきた事実に途方に暮れる。

時刻は夜の九時。

まだそれほど遅いとは言えないが、グズグズしている時間はなかった。

家出すると言って飛び出してきたのだから、とりあえず今夜の寝床を確保しなければならない。

「どうしよう……」

勢いで飛び出してきてしまったので、携帯電話しか持っていない。

交友関係は両親に知られているため、友達のところに転がり込んだらすぐにバレて連れ戻されてしまいそうだ。

それは絶対に嫌だった。

真白はもう何日も父の態度に我慢してきたのだから、そう簡単に連れ戻されてたまるかと思ったのである。

「でもなぁ…うーん、うーん……」

財布を持ってこなかったのが痛い。一文無しでは、ホテルに泊まることはもちろん、電車にも乗れなかった。

「おサイフケータイにしておけばよかった……」

手続きを面倒くさがらずにやっておけばよかったと、今更ながら後悔する。

携帯電話に入っている電話帳をカチカチと操作していって、誰か泊めてくれそうで、両親に知られていない人間はいないだろうかと探す。

「あ…長嶺さん……」

毎夜の電話で、長嶺には胸のうちを吐露《とろ》している。だから、真白が家出をした理由も理解してもらえるはずだ。

それでも、いきなり泊めてくれと言うのは図々しすぎるだろうか。

他に誰か…と思うが、真白のさほど広くない交友関係は、過保護な両親にしっかりと知られていた。

「どうしよう……」

もう長嶺しかいないし、長嶺とまた会いたい気持ちもある。会って、顔を見て話をしたかった。

けれど、やはり嫌われたら…という不安も強くて、真白は携帯電話の画面をジッと見つめたまま固まってしまった。

「でも、でも…うーん……」

さんざん迷って、唸《うな》って、ついには勇気を出して長嶺に電話をかける。

『真白くん、こんばんは。真白くんからの電話は初めてですね。嬉しいです』

「こ、こんばんは。あの…今、大丈夫ですか？」

長嶺が忙しいのはなんとなく分かっているから、仕事の邪魔をしているのではないかと気になる。

しかし長嶺は笑って、今から帰るところだから大丈夫だと言ってくれた。

「あの、あのっ、実は、ですね――」

真白はつっかえながらも一生懸命事情を説明し、家を飛び出してきてしまったから一晩泊めてくれないかとお願いする。

「本当に図々しくてごめんなさい……。でも、他の友達はみんなお父さんたちも知ってるから……」

『私を頼ってくれて、嬉しいですよ。近くに、安全に待っていられそうな場所はありますか？』

「お金を持って出なかったので、店には入れないし…公園とか……」

『こんな時間に？　絶対に、ダメです。……そうだな、駅がいい。最寄りの駅で待っていてください。すぐに迎えに行きますから、駅名を教えてください』

「すみません」

真白は恐縮しながら駅名を伝え、通話を切って駅へと向かう。

長嶺が快くOKしてくれたことで、肩の荷が下りた気分だ。先ほどまでの苛立ち、途方に暮れた気持ちはなくなって、今は妙な高揚感がある。

一週間ぶりくらいで長嶺に会える。そのことが、家出中という状況にもかかわらず、真白の足取りを弾ませていた。

「そういえば、改札は二つあるんだっけ……」

間違わないように、メールで「東口の改札にいます」と送る。

大きなほうの改札口だから目の前にはロータリーもあるし、人の行き来も多い。店もたくさんあって明るいから、安心して待っていられた。

「今から帰るところっていうことは、まだ会社にいたっていうことだよね？　じゃあ電車で来るかな？　それともバス？」

電車のほうが可能性は高いだろうと思い、真白は改札口から出てくる人間にジッと目を凝《こ》らした。

そうして二十分ほどが経ち、パパッというクラクション音に真白がそちらの方を見てみると、開いている車の窓から長嶺が手を振っていた。

「長嶺さん！」

真白は慌てて近寄り、「すみません、面倒なことをお願いして」と謝った。

「いいえ、私を頼ってくれて嬉しかったですよ。どうぞ、乗ってください」

「はい、お邪魔します」

後ろからクラクションを鳴らされないうちにと真白が慌てて車に乗り込むと、走りだした。

「それで、いったいどうしたんですか？」

「ええっと、ですね――」

車の中で詳しい事情を説明すると、長嶺は安心させるように穏やかに微笑みながら言った。

「それなら私の部屋にどうぞ。同居人が真白くんなら楽しいですから、ずっといてください」

「う…すみません……」

「謝られるようなことではありませんよ。真白くんが頼ってくれてたのが自分だと思うと、とても嬉しいんです。それに、真白くんと一緒にいられるのも」

「ありがとうございます」


車が着いたのは、綺麗でいかにも高級そうなマンションだ。地下の駐車場に入っていって、そこからエレベーターで上に行けるようになっている。

「ここが私の部屋です、どうぞ。仕事の都合で住んでいるので、手狭ですみませんが」

「……仕事の都合…ですか？」

「ええ。社長がこのマンションに住んでいるんですよ。あちらは恋人との同棲ですから、ファミリータイプの部屋ですが。フロア違いでも、同じマンションに住んでいると便利なんです」

「へぇー」

長嶺は手狭だと言っているが、実際にはとても広い１ＬＤＫだ。

友達の部屋は同じ１ＬＤＫでもせいぜい十畳程度だったが、ここはその二倍から三倍くらいある。

「座っていてください。体が冷えたでしょう。今、コーヒーを淹《い》れますね」

「すみません」

あまりジロジロ見ては失礼だと思いながらも、好奇心が先に立つ。真白はおとなしくソファーに座りながら、室内を見回してしまった。

黒を基調とした、いかにも大人の男が住むシンプルな部屋だ。

家具は最小限だし、飾り物の類《たぐい》はいっさいなく、あまり生活感がなかった。

「さぁ、どうぞ」

真白の目の前にコーヒーとクリーム、砂糖が置かれる。

「ありがとうございます」

いつもは角砂糖を二つとクリームをたっぷり入れる真白だが、さすがに子供の味覚のようなのが少し恥ずかしいので両方とも半分だけにしておく。

「あ…美味しい…専門店で飲むコーヒーみたいです」

「そうですか？　ありがとうございます。私は家事の類は苦手でいっさいしないのですが、コーヒーだけは美味しいものを飲みたいですからね」

「いっさいしないって…掃除とか洗濯もですか？」

「ええ。週に一度、業者にお願いしています。それと、クリーニング屋を利用すればなんとかなりますよ」

「へぇ、そうなんだ……。家事ができなくても、一人暮らしってできるのかぁ」

「そのぶん料金がかかりますから、就職したての給料では難しいと思いますが。やる気があるなら、家事は覚えておいたほうがいいとは思いますよ」

「じゃあ、長嶺さんは？」

「私は、まったくやる気がないからいいんです。一度、挑戦して、性に合わないと気がつきました」

「へぇー、そうなんですか」

なんでもこなしてしまいそうなのに、意外だった。

「それで、真白くん。家出すると宣言して出てきたんですよね？」

「はい。お父さんのバカーッって怒鳴ってきました」

「そうですか。では、しばらくここで一緒に住むということで。少しお父さんから離れて考える時間が必要かもしれませんね」

「すみません…お世話になります」

「では、ご両親が心配しているでしょうから、電話をしてあげてください」

「でも……」

「真白くんのような子供がいたらどうしても過保護になるでしょうし、捜索願いを出されたら困るでしょう？　きちんと話して、考える時間が欲しいとお願いしたら、きっと聞き入れてもらえると思いますよ」

「………」

　真白はその言葉に考え込み、コクリと頷く。

「分かりました。電話、します」

「よかった」

　携帯電話で家に連絡を入れると、すぐに母が出て心配したと怒られる。

　それにごめんなさいと謝って、自分が今は知り合いのところにいるから大丈夫と言う。それに、ここのところの父とのやり取りにまいってしまい、少し頭を冷やしたいこと、大学にはちゃんと行くから一人で考える時間が欲しいと訴える。

最初、母はもちろん反対したが、将来のことについて真剣に考えるいい機会だからと言うと、渋々ながら了承してくれた。

後ろで何やら父が喚《わめ》いていたが、そちらの説得は母に任せる。会社ではワンマンな父も、母には弱いのだ。

真白がふうっと大きく息を吐き出しながら通話を切ると、その間室内を行ったり来たりして動き回っていた長嶺が言う。

「お風呂に入って、ゆっくりしてください。入浴剤は棚にあるので、お好きなのをどうぞ。もらいものですけど。あぁ、着替えはこちらを使ってください」

そう言って長嶺が渡したのは、新品の下着と歯ブラシだ。それに、長嶺のだろうパジャマもある。どうやら真白のために入浴の用意をしてくれていたらしい。

「弟がここで泊まり込みになることがあるので、いつも予備を置いているんですよ。少し大きいかもしれませんが」

「ありがとうございます。とても、助かります。ボク、財布を持って出てこなかったから……」

「明日の朝、おうちまで車で送るので、必要なものを取ってくるといいですね。着替えや、大学の教科書やノートも必要でしょう」

「でも、あの…本当にいいんですか？　迷惑…ですよね」

「いいえ、ちっとも。嬉しいと言ったでしょう？　私は、迷惑なら迷惑とはっきり言いますよ」

「それならいいんですけど……」

「ベッドは一つしかありませんが、キングサイズですから大きさは充分です。一緒に寝ましょうね」

その言葉に真白はプルプルと首を横に振る。

「と、とんでもない。ボクは、このソファーで大丈夫です。これって、ソファーベッドですよね？」

「そうですが…真白くんを抱っこして眠りたいのに」

「抱っこって……」

想像して、真白は顔を赤くする。

「お、お、お、お風呂、入ってきます！」

真っ赤な顔でバタバタと逃げ出す真白に、長嶺は楽しそうにクスクスと笑った。

バスルームに逃げ込んだ真白は、カチャリと鍵をかけてからハーッと息を吐き出す。

「長嶺さんの冗談って、分かりづらい……」

それになんだか恥ずかしくもあると、赤くなった顔をペシペシ叩いた。

「はぁ…お風呂、入ろう」

真白はパパッと服を脱いで、浴室に入る。

「わぁ、広〜い」

一人暮らし用の1LDKの部屋なのに、足を悠々《ゆうゆう》と伸ばせそうなバスタブがある。

友人の部屋のはユニットバスでこそなかったが、これの半分くらいの大きさだったから、しみじみと高級マンションなんだなぁと思った。

「まぁ、いいや。お風呂入ろうっと」

真白はシャワーでザッと体を洗い流し、入浴剤がズラリと並んだ棚を見る。

外国のもののようだが、英語ではなかった。どうやらフランス製のものらしい。

「絵がついててよかった。んー…オレンジにしようかな」

柑橘《かんきつ》系の香りは好きだ。家でもよく柚子《ゆず》やグレープフルーツの入浴剤を入れている。

真白はオレンジのボトルの中身を注ぐと、手でザッと掻き混ぜて湯に浸《つ》かる。

「ふわぁ〜…いい香り。オレンジと…カモミール？　なんか、落ち着く……」

全身から力を抜いて、真白はその心地よさにひたった。

広い浴槽での入浴をしっかりと堪能して真白が出てくると、長嶺は机に向かって仕事をしていた。

「お風呂、ありがとうございました」

「入浴剤はどうでしたか？」

「オレンジとカモミールのやつ、すごくいい匂いでした！」

「それはよかった。ところで、もう十一時ですよ。私はもう少し仕事が残っているのですが、真白くんは疲れているでしょう？　先に眠ってください。ベッドは、あの衝立《ついたて》の向こうに――」

「この、ソファーベッドを使わせてもらいます。毛布とか貸してもらえますか？　弟さんが泊まるときって、これを使うんですよね？」

「はぁ…分かりました。とても残念ですが」

長嶺はそう言って肩を落とし、クローゼットの中を探り始める。

真白はソファーの背凭《せもた》れを倒してベッドに変え、長嶺が渋々出してきてくれた薄いパッドとシーツを敷く。

毛布と枕を置けば、どこから見てもベッドだ。小柄な真白が寝るには充分である。

「おやすみなさい」

「寂しくなったら、私のベッドに来ていいですからね」

そんなことを言う長嶺に、真白はクスクス笑いながら「はい」と答えておいた。

真白が毛布の中に潜り込むと、長嶺はベッドのところから移動させてきた衝立で光を遮《さえぎ》って持ち帰った仕事をする。

小一時間ほどで終えたとき、真白はスヤスヤと気持ちよさそうに寝入っていた。

「可愛い……」

深い眠りのようで、長嶺が小さく呟《つぶや》いても反応はない。

長嶺がソッと抱き上げても目を覚ますことはなく、そのままベッドへと連れていかれてしまった。

毛布を肩まで引き上げ、長嶺がその隣に潜り込むと、無意識のうちにぬくもりを求めて擦り寄ってくる。

長嶺は思わず微笑みを浮かべながら真白を抱え込み、眠りへと落ちていった。


翌朝、アラームの音で長嶺と真白は目を覚ますが、「おはよう」と声をかけた長嶺に、真白はアワアワと動揺する。

「な、なんで？　どうして？」

昨夜はソファーベッドで眠ったはずなのに、今は長嶺のベッドにいる。しかも朝の寒さからか長嶺にぴったりくっついていた。

「昨夜、寝ぼけて潜り込んできたんですよ。やっぱり寂しかったんですかね？」

「ええっ？　ボクがそんなことを？　す、す、すみません……」

「いいえ。大きなベッドですから、二人でも余裕がありますよ」

「ううっ……」

なんて情けないと、真白は頭を抱える。

寝ぼけて長嶺のベッドに潜り込んだなんて、恥ずかしくて仕方なかった。

お世話になっているのに、これ以上迷惑はかけられない。もう二度と寝ぼけたりしないよう、気を引き締めなければと思っていた。

しかしそんな決意には意味がなく、真白は三日連続で寝入ったところを長嶺にベッドへと運ばれ、自分が潜り込んだと言われてしまう。

そのたびに赤くなって大反省をするのだが、眠っている間に運ばれているのだからどうにもならない。

そして四日目。長嶺がニコニコしながら一緒に寝ましょうと誘いかけると、真白はう～んと唸って考え込む。

また長嶺のベッドに潜り込むなら、ソファーベッドを作ったり戻したりする手間は無駄かもしれないと思った。

「……お邪魔します」

少し考えたあと、真白はそう言って長嶺のベッドへと潜り込んだ。

長嶺の作戦は功を奏し、それから真白は長嶺のキングサイズのベッドで一緒に眠ることになるのだった。

★
★
★

そうして真白と長嶺の同居生活は始まった。

真白は居候《いそうろう》をしているのだから何か手伝いを…と思うのだが、過保護に育てられたために家事をしたことがない。母とお手伝いさんがすべてやってくれて、それこそ洗濯機ひとつ使えないという有り様だった。

週に一度来る家政婦が掃除とリネン類などの洗濯をしてくれて、洋服はクリーニング。食事は三食とも外食だ。

立派なキッチンはあるのだが、冷蔵庫の中には飲み物と酒の摘まみになりそうなものしか入っていないし、調味料の類もいっさいない。本当に、料理をまったくしない人間だということが分かる。

「居候してるうえに役立たずって、いたたまれない……」

こんなことなら家で手伝っておけばよかったと思うが、今更どうしようもない。母に教わってもいいが、家は大学を挟んで反対側にあるため行き来が面倒に思える。何しろ一日や二日で覚えられるようなものではないから、ずっと通う必要があるのだ。

そこで以前、長嶺が八尋は家事万能で料理も上手だと言っていたことを思い出す。同じマンションに住んでいるというし、家事を教わるのにはいい相手だ。

「でも…怖いんだけど……」

八尋の綺麗すぎる顔と毒舌を思い出すと、つい怯んでしまいそうになる。

帝人がいない隙にと声をかけてきた男たちを睨みつけ、辛辣《しんらつ》な言葉で撃退しているところを何度か見かけているからなおさらだ。

「でも…他に聞ける人なんていないし……」

長嶺のところで居候させてもらっていることは、友人たちにも言っていない。長嶺が真白の父親のファミリーレストランチェーンとライバル関係になるかもしれないことを考えたら、言えなかった。

どこからどう伝わって、両親の耳に入るかもしれないのである。

けれど八尋なら長嶺側の人間だし、何より同じマンションというのが心強い。通うのがとても楽な場所だ。

「うう～ん……」

あいにくの雨で賑《にぎ》わっている学食の一角に、八尋と帝人はいた。

真白は、迷って迷って迷い抜いたのち、勇気を出して八尋に声をかけてみることにした。

「あ、あ、あのっ…中神くんっ」

「……はい？」

少しばかり声が上ずり、勢いもありすぎたかもしれない。顔を上げた八尋は不審そうな表情を浮かべている。隣に座っている帝人も怖い。

真白はそれにくじけそうになりながら、なんとか踏みとどまって言う。

「そ、相談が…あるんだけど。ううん、相談じゃなくて、お願い…かも。うん、お願い、です」

自分でも情けなくなるくらいの動揺ぶりで必死に話しかけると、帝人は苦笑して向かいの席を指差す。

「まぁ、座れよ。座って、落ち着いて話せ」

「わ、分かった。ありがとう」

真白は素直に座り、それから大きく深呼吸して落ち着こうとする。

「ええっと…あの…ボクは、相良真白といいます」

「知ってる。前にパーティーで会ったよな」

「うん、そう。それで…今、長嶺さんのところでお世話になってるんだけど……」

「はっ⁉」

「ええっ⁉」

真白としては、当然帝人と八尋も知っていると思っていたのでそう言ったのだが、二人はあきらかに驚愕していた。

「長嶺がお前と暮らしてるっていうことか⁉」

「あの長嶺さんが!?」

あのってどういう意味だろうと思いながら真白が頷くと、二人は顔を見合わせて信じられないという言葉を連発する。

「あいつ、人間嫌いだと思ってた。できすぎる子供だったらしくて、小さな頃から冷めてて可愛げがなかったんだってよ。周囲の大人を冷静に観察してたから、自分の親がいざとなったら自分たちよりも主…うちの親父なんだが、そっちを優先するって気がついてたんだろう。そのせいか、実の親も信頼していないところがあるんだよ」

「だからかぁ…長嶺さんって、他人と暮らせる人だと思わなかった。親でさえ信頼していないんなら、他人なんて絶対に無理だよね。前から、こう…人当たりはいいけど拒絶してるところがあると思ってたんだけど」

「そういうやつだからな。一緒に暮らしてるんだったら、他人じゃないだろ。いつの間に恋人なんて作ったんだか」

その言葉に驚いたのは真白である。

「恋人!?　ち、違いますっ。恋人じゃありません!　ボクはただ、長嶺さんのところに居候させてもらっているだけです」

「あいつが、なんとも思ってないやつを自分の部屋に住まわせるわけがない。恋人ですら、一緒に住むのはごめんだと言うようなやつだぞ」

「一緒に住むっていうか…一時的に居候させてもらっているだけだから……」

「他人の気配はウザいって言ってたやつが、居候を置く？　びっくりだ」

「長嶺さんが世話好きとは思えないし…本当に恋人じゃないの？」

二人の言葉に真白は目を白黒させる。それは、いったい誰の話をしているんだろうという感じだ。

「違います。その…ちょっと父親と喧嘩をしちゃって…家出をして困っていたら、長嶺さんが置いてくれるって言ったんです。長嶺さん、優しいから」

「………」

「………」

不自然な沈黙に、真白は首を傾げる。

先ほどから、どうにも二人の反応が納得できなかった。

「…ええっと…それで、なんだっけ？　長嶺さんのことが衝撃的すぎて、本題を忘れちゃったよ」

「ああ、そうそう。それで、お願いがあります。ボク、長嶺さんのところでお世話になっているのに、家事が何もできないんです。洗濯とか掃除とか料理とか…何一つとしてやったことがなくて」

「普通だろ」

「んー…まぁ、一人暮らしをしたことがないなら普通かもね」

うんうんと頷く二人にホッとしながら、真白は八尋にガバリと頭を下げる。

「お願いですから、ボクに家事を教えてくださいっ。長嶺さんが、中神くんは家事万能の才色兼備だって」

「えっ、えっ、ちょっと、頭を上げてくれる？　話しにくいから」

「はい」

「つまりキミは長嶺さんのところに居候していて、家事を手伝いたいのに何もできないから、ボクに教わりたいと」

「そうです。同じマンションなら行き来も楽だし、洗濯機とかも同じ機種だからいいなって思って。それに中神くんは料理上手って言っていたので、長嶺さんの好きな味付けなのかなぁ…と」

「なるほどね。うん、話は分かった。……ボクはいいけど、帝人はどう思う？　教えるなら、ボクたちの部屋に入れることになるわけだし」

「そうだな……」

帝人はジロジロと真白を見つめ、真白はその視線の鋭さに身を縮める。

それでなくても怖いのに、そんなふうに見られるともうビクビクものだ。

「……まぁ、いいか。こいつなら、八尋に手を出しそうにないし。お前のいい暇つぶしにもなるだろう」

「暇つぶしって…本人を前にして、その言い方は失礼だろ」

「暇つぶし以外にメリットがないんだから、気にする必要なんかない」

「そうかもしれないけどさ。うーん…キミ、真白くん？　教えるのはいいんだけど、同じ年なんだからもっと普通にしてくれる？　そうかしこまられると、こっちも疲れる」

「教えてくれるの⁉　ありがとう！　すっごく、嬉しい。ボク、特に料理をお願いしたいんだ。長嶺さん、三食とも外食って体に悪いと思うんだよね。それにボクもちょっとつらくなってきたし。家ご飯に慣れてると、外食って飽きるね」

「それは、よく分かるよ。ボクも外食はたまにしたい人間だから。じゃあ、今日から早速レッスンする？」

「する！　本当にありがとう！　ええっと…八尋くんって呼んでいい？　それとも先生のほうがいいかな？」

「……八尋のほうで」

「うん、分かった。今日から、よろしくお願いします」

「こちらこそ。長嶺さんのための料理か…帝人もだけど、外食ではどうしても仕事関連でフレンチやイタリアン系が多いみたいだから、家では和食にすると喜ぶよ。漬け物とかお惣菜《そうざい》的な家庭料理。キミもお坊ちゃまみたいだけど、食べたことある？」

「うち、母が料理するからわりと普通に食べてるよ」

「それなら、覚えるのも早いかもね。まずは、買い物から。今日の帰り、一緒に買い物をして戻ろう」

「はいっ」

その言葉に、真白は嬉しそうにコックリと頷いた。

そしてもう一度ありがとうと礼を言うと、心配そうにこちらのほうを見ている友人たちの元に意気揚々と戻っていく。

何を話していたのか、大丈夫なのかと聞く友人たちに、ニコニコしたまま「優しかったよ」と答えるのだった。


午後の講義が終わると、真白は八尋と帝人とともに大学を出る。門の近くに帝人の迎えの車が待機しているから、帰り道は真白と八尋の二人きりだ。

真白は緊張しながらも八尋に話しかけ、お喋《しゃべ》りしているうちに八尋からも緊張が抜けていくのが分かった。

睨まれさえしなければ、八尋は怖くない。

連れていかれた高級スーパーで、物珍しげな真白がいろいろ質問しても、八尋は面倒くさがらずに答えてくれた。

　必要なものを購入してマンションへと戻り、エントランスのコンシェルジュにペコリと頭を下げて中に入っていく。

　同じマンションの上階にある八尋たちの部屋は、３ＬＤＫだ。

「うわ～、リビング、広いっ。窓が大きいから、景色がすごいね～」

「夜景が綺麗なんだよ。マンションを決めるにあたっての帝人のリクエストは、セキュリティーと夜景だったたっていうから」

「へぇ～」

　真白の家は二階建ての一軒家だから、こういった景色には縁がない。

　高さもさることながら、繋ぎ目のない大きな窓が印象的だった。

「それじゃあ、荷物を置いて早速レッスンに入るよ。まずは、掃除から」

「はいっ」

「最初は、ハタキをかけるんだ。これを使って、高いところのホコリを落とす。こんな感じでね。はい、やってみて」

「はいっ」

　八尋がやっていたのと同じように、見よう見真似でカーテンのレールの上や棚の上をササッと払っていく。

「うん、上手。このハタキでホコリが下に落ちたから、今度は棚やテーブルの上を濡れ雑巾で拭いて、最後に掃除機。上から始めて、下で終わるんだよ。分かる？」

「あっ、ホコリが下に落ちていくから？」

「正解。うちは絨毯《じゅうたん》を敷いてるから掃除機だけど、フローリングの場合はそれ専用の道具を使ったほうがいいよ。床が傷つくからね」

「長嶺さんのとこ、フローリングなんだけど」

「家政婦さんがやってるんだよね？　どこかに掃除道具があると思うから、探してみなよ。ないなら、買えばいいし。スーパーでも売ってるよ」

「分かった。探してみるね」

「じゃあ、次は拭き掃除。これ、雑巾《ぞうきん》ね。水で濡らして、絞ってくれる？」

「はいっ」

その間に八尋はハタキをしまい、掃除機を引っ張り出している。

真白は言われたとおり水で雑巾を濡らしてエイエイッと絞った。

しかし、やりつけないからどうもうまくいかない。学校で雑巾の絞り方を教わった記憶はあるのに、その細かいやり方は覚えていなかった。

とにかく水気を取ればいいのだからと、端からギュッと握って水を落とす。

ボタボタと落ちるそれに気をよくしていると、八尋がギョッとしたように言う。

「ど、どうしてそんなに雑巾を絞るのが下手なわけ？　難しいことじゃないよね？？？」

「あんまり、やらないから。最後にしたのは…たぶん、中学のときの掃除の日？」

「……そうか…自分で掃除や洗濯をしないと、布を絞る機会って少ないんだ……。ちょっと、びっくり」

目を丸くしている八尋は可愛らしい。外ではいつも人を睨むようにしているから怖いが、美人が表情を緩めればそれは綺麗以外の何ものでもない。

「八尋くんって、綺麗だなぁ。それなのに頭がよくて家事万能なんて、本当にすごいね」

「いきなり何を……。ええっと、布の絞り方を教えるからっ。こうやって端と端を持って、反対向きに捻《ひね》るようにするんだよ」

褒められて、顔を赤くするのがまた可愛い。おかげで真白の中から八尋への苦手意識というか、怖いという気持ちが完全になくなった。

ニコニコしながら八尋に布の絞り方を教えてもらい、拭き掃除や掃除機のかけ方も教えてもらう。

それから洗濯機の使い方である。備え付けだったというそれはやはり長嶺のところと同タイプのものなので、大きさは違っても基本的な使い方は同じだった。

何も知らない真白は逐一説明を求め、洗剤の量までレクチャーしてもらう。

幸い作業としてはそんなに難しくなかったので、これなら自分一人でもできそうだと思った。

「ニットやカシミアなんかの伸び縮みするものは手洗いだから、それは気をつけて」

「分かった。今度、手洗いの仕方、教えてくれる？」

「いいよ。……さて、洗濯はこれでいいとして、次は料理だね」

「やった♪」

八尋から予備のエプロンを借りて、お待ちかねの料理の勉強だ。

「長嶺さん、今日は何時頃に帰ってくるって？」

「九時頃だって言ってた。夜ご飯は一緒にできないって」

「じゃあ、うちで一緒に食べる？」

「うっ…鷹司くんに怒られそうなんだけど」

「それくらいじゃ怒らないよ。長嶺さんには、軽く摘まめそうなものを持っていこうか。あの人、お酒飲むよね？」

「お風呂上がりに、ビールとかワインを飲んでる。冷蔵庫から出すのが面倒くさいからって、摘まみなしで。すごいよね。ボク、摘まみなしじゃお酒は飲めないな～。あんまり強くないんだ」

「ボクも、ちょっとつらいかな」

チーズでもハムでもなんでもいいから、摘まみは欲しいということで意見が一致する。それに、アルコールだけでは体に悪いということでも。

「遅い時間にたくさん食べてもまずいから、漬け物ともう一品用意しようか」

「うん。お願いします」

「今夜は、帝人の家から送られてきた松阪牛《まつざかうし》のステーキだよ。付け合わせと、野菜の煮物を作るつもりだから。あと、漬け物」

「はいっ」

「ピーラーは使ったことある？」

「あるよ～。調理実習で、野菜の皮を剥いた」

「じゃあ、使い方は分かるよね。どんどん剥いちゃって」

「はーい」

大きな冷蔵庫から八尋はニンジンやジャガイモ、サトイモなどを取り出し、真白の前に置く。

真白はピーラーを手に、一つずつ皮を剥いていった。

ピーラーは一つしかないのか、八尋は包丁を使って剥き始める。

「八尋くん、器用だね～。包丁で皮を剥けるなんてすごいや」

「高校の寮で自炊してたときは、最小限の道具で作ってたから。ピーラーなんてなかったんだよ」

「高校のときから自分でご飯を作ってたんだ？　すごいなぁ。寮って、ご飯出ないの？」

「ちゃんと食堂はあったけど、うるさかったから。山の中にある全寮制っていう環境だったしね。一人で静かに食べたかったんだよ」

「ふ〜ん？」

確かにうるさくされるのは好きそうじゃないよな〜と、真白は納得する。

「男ばっかりの全寮制かぁ…むさ苦しそうだね」

「お坊ちゃまばっかりだったから、みんな小綺麗ではあるんだけど、やっぱりむさ苦しさは消せなかったかな？　とにかく、変わってる高校だったよ」

「寮って、何人部屋？」

「基本は二人だけど、生徒会役員や成績上位の生徒は一人部屋。寮だけでも、普通のマンションなんかより全然大きいよ」

楽しそうな、息が詰まりそうな、微妙な感じだ。家族という逃げ場がないぶん、問題が起きたときは大変だろうなと思った。

自分の知らない世界に興味を惹《ひ》かれた真白は、部屋や風呂はどうなのか、食堂のメニューってどんなものかと事細かに質問する。

せっせと皮を剥きながらそんな話をしているうちに、野菜はすべて剥き終わった。

「それじゃ、煮物用に切っていくけど…ニンジンとゴボウを乱切りにしてくれる？」

「乱切り？」

「ええっと…こんな感じ」

八尋は見本を見せ、大きさを同じくらいにするようにと言って真白に包丁を渡した。

「……………」

真白は真剣な表情でニンジンを掴み、真白に教わったとおり切ろうとする。

「ちょ…ちょっと待った！　指、指っ‼　ニンジンと一緒に指を切る気⁉」

「え？　ああ…気がつかなかった。ニンジンに意識を集中してたからなぁ」

「指のことも気にしてあげて。そっちのほうが遥かに重要だから。はい、指は丸めて、こうやってニンジンを押さえる。で、クルクル回しながら切る。分かる？」

「はいっ」

元気よく返事をした真白は、気合満々でニンジンを切っていく。

「こ…怖い！　怖すぎっ。キミ、真白くん？　調理実習はどうしてたの⁉」

「友達が、包丁に触らせてくれなくて。野菜を洗ってピーラーで皮を剥いたりとか、皿の用意をさせられたりしてた。あと、鍋を掻き混ぜたり」

「うん…気持ちは分かる。分かるけど…過保護すぎ。まさか、包丁の使い方から始めなきゃいけないとは……」

「ごめんなさい」

「いいんだけどね、少しずつ覚えていけばいいことだから。とにかくキミは、怪我をしないように気をつけて包丁を使って。急ぐ必要はないから、ゆっくり、慎重に」

「はい」

言われたとおり、とにかく怪我だけはしないよう慎重に包丁を使う。

けれど丸くてツルリとしたニンジンは切りにくくて、ときおり包丁がすべってヒヤリとする。

隣では、八尋が心臓のあたりを押さえて息を詰めていた。

これまでの友達なら、「見ているほうが怖い！」と言って包丁を取り上げられているところである。

お坊ちゃま校といわれる私立の男子校に小等部から通っていたため、料理などしたことがないという生徒が多かったのだが、それでもみんな真白よりマシだった。

調理実習のたびに包丁を取り上げられていたのは真白だけだから、経験がもっとも少ないのが真白なのである。

きっと八尋も心底ヒヤヒヤしていて、自分でやると言いたいのだろうが、それをグッとこらえて見守ってくれていた。

優しいなぁと思いながら、そんな八尋の期待に応えるためにも一生懸命ニンジンを切っていく。

ニンジンが終わったらゴボウ、サトイモと、指導されるままゆっくり一つずつだ。

すべて切り終わると、八尋が鍋に水を入れて煮始める。

「煮物は、味見をしながら味を調えていくから。そこの小皿、取ってくれる」

「はい」

真白は慌てて八尋が指差した小皿を取り、渡そうとする。――が、慌てていたせいか、指から小皿がすべった。

床に落ち、ガシャンと音を立てて割れてしまう。

「あぁぁぁぁ～っ。ご、ごめんなさいっ」

真白はアワアワしながら割った皿を拾おうと、慌ててしゃがみ込む。

「はいっ、動かない！　静止‼」

「――――」

八尋の強い声に、ピタリと動きを止めた。

そのことに八尋はホッと息を吐き、静かな声で言う。

「誰だってミスはするからそれはいいんだけど、ミスをしたあとに焦って動くと二次災害が起きるよ。破片を踏んだり、手を切ったりね。そんなことで怪我をしたらバカみたいだから、まずは落ち着くこと。分かった？」

「はいっ」

真白は背筋を伸ばし、コクコクと頷く。

「じゃあ、割れた皿の片付け方を教えるね」

「はいっ」

真白のミスさえ家事のレッスンの一つとなり、真白はきちんと覚えようと真剣に教わるのだった。

煮物と付け合わせなどを作って帝人の帰りを待ち、八時少し前に帰宅した帝人と八尋の三人で夕食を摂った。

スーツを脱いでリラックスした帝人は大学にいるときほど怖くなかったが、それでも独特の威圧感に気圧される。

ステーキ肉はサシが綺麗に入った最上級品だし、八尋の料理もとても美味しかったが、どうにも喉に詰まって仕方ない真白だった。

だから食べ終わるとそそくさと暇乞《いとまご》いをし、長嶺のための摘まみを用意してもらう。

長嶺の部屋にはカップや皿が数枚しかないから、器も借りることになった。

「長嶺さん、そろそろ帰ってくるよね〜。お風呂の支度しておこうっと」

支度といっても、浴槽をザッとシャワーで洗い流し、給湯ボタンを押すだけだ。

それから、長嶺は入浴剤を何にするか考えるのが面倒だという。なので、真白がその日の気分で入浴剤を入れることになっていた。

「今日は、森林の香り～」

ご機嫌で浴室から出てくると、タイミングよく長嶺が帰ってきた。

「あ、お帰りなさい。お風呂沸いてるから、入ってください」

「ありがとうございます」

長嶺がスーツを着たまま着替えを持って浴室に入ると、真白は冷蔵庫の中身をチェックする。

「ビール、ワイン、シャンパン…ビールの種類が多いなぁ。なんか、見たことのないメーカーが山ほど」

帝人の経営するレストランで出すものの味見も兼ねているということで、冷蔵庫の中身はほとんどアルコールだ。

「ビール、ちょっともらっちゃおうかな♪」

あまりアルコールに強くはないが、飲むのは嫌いじゃない。フワフワして、楽しい気分になるからだ。

「グラスを冷蔵庫で冷やして、と」

あとは長嶺が上がってきそうな頃合いを見て、摘まみを用意すればいい。

真白はテレビをつけてニュースを流し、音量を下げて浴室の音を聞き逃さないようにした。

「……あ、ドライヤーの音だ」

そろそろ出てくると立ち上がった真白は、八尋に持たされた漬け物と煮物を冷蔵庫から取り出す。漬け物はそのまま食卓に出すとして、煮物は電子レンジで温める。

夕食ではあまり食べた気がしなかったから、自分のもと思って多めにもらってきた。

「ふぅ…いいお風呂でした」

「お疲れ様です。長嶺さん、お酒飲みますよね？　ビールでいいですか？　ボクもちょっともらいたいので」

「……そういえば、真白くんは二十歳を過ぎてましたっけ。はい、どうぞ。少しでいいんですか？」

「たくさん飲むと、目が回っちゃうんですよ。少しだと楽しく飲めるんですけど。ボクの限界は、缶ビール一本までなので」

「もう自分の限界を知ってるなんて、えらいですね」

「大学に入る前に、お父さんが知っておきなさいって飲ませてくれました。一本以上飲むと眠っちゃうって分かってからは、ボクの友達にまできつく言い含めたみたいで、飲み会でもそれ以上は飲ませてもらえないんですよ」

「いいお父さんと、いいお友達ですね」

「ボクは、もうちょっと冒険したいんだけどな～」

他の友人たちのように、男たるもの一度くらい酒で前後不覚になって暴れてみたり、二日酔いで呻《うめ》いてみたりしてみたいものだと思う。

けれどビール一缶で眠くなってしまう真白は、そこに至るまでにダウンしてしまうのである。

「ビールと、グラスが二つ…あと、あの、長嶺さん、お酒のお摘まみにどうぞ」

そう言って真白は、八尋のところから持ってきた漬け物と煮物を入れた小鉢をテーブルに置く。

「どうしたんですか、これ」

「八尋くんにお願いして、家事を教わることにしたんです。料理も教えてもらって…まだ子供のお手伝いレベルですけど」

「じゃあ、真白くんも一緒に作ったんですか？」

「野菜の皮を剥いたり、切ったりとか。ボクは不器用みたいで、指まで切らないかと八尋くんのほうが怖がってました」

「怪我は？」

「ありませんよ。八尋くんに、とにかくゆっくり慎重にやれって言われたから」

「よかった。料理をするのはいいですが、怪我だけはしないように気をつけてください」

「はい」

頷く真白の横で、長嶺は煮物に箸《はし》を伸ばす。そしてサトイモを食べて頬を緩ませた。

「あぁ…美味しいですね。ホッとする味です。外での食事は仕事を兼ねているので、フレンチかイタリアンがほとんどですから」

「八尋くんも、そう言ってました。鷹司くん、家ではお惣菜料理を喜ぶって。漬け物がないと機嫌が悪くなるらしいですよ」

「相変わらずわがままな」

「でも、八尋くんはそれが嬉しいみたいで、言いながら口元が笑ってました。あの二人って、アツアツですよねー。大学でもずっと一緒にいるし」

「相性がよすぎるのか、よく喧嘩もしますが、すぐに仲直りをするようですね」

「八尋くんは、ワイシャツのアイロンがけもできるんですよ。スーツ以外は全部自分で洗濯してるって言ってました。すごいですよね～」

「そんなことまでしてるんですか？　家事が万能とは聞いていましたが……」

「下手に外に出ると男から声をかけられて鬱陶しいし、ボディーガードが飛んでくるのが面倒だから、暇つぶしに家事をしていたらどんどん極めていったみたいです。ボクには今ひとつ八尋くんのフェロモンっていうのがよく分からないんですけど、大変みたいですねー。……その……長嶺さんは、八尋くんのフェロモンって分かるんですか？」

「八尋くんのフェロモン？　妙に色っぽい子だとは思いますが、そういう意味では興味がないですね」

「そ、そうですか……」

その答えに真白はホッとし、そんな自分に気がついてあれっと首を傾げる。どうして長嶺が八尋に興味がないと言ったことで安心するのか、よく分からなかった。

「それにしても…真白くんは、ずいぶん八尋くんに懐いたんですね」

「あ、はい。八尋くんって本当に頭がよくて、なんでもできて、すごいと思います。もう思わず、『アニキ！』って呼びたくなります」

「……アニキ…はどうかと思いますが。八尋くんに似合わないし、真白くんがそう呼ぶのもあまり聞きたくないというか……」

「じゃあ、『姐《あね》さん？』」

「極道じゃないし、女性でもないんだから…八尋くんにそんなことを言ったら叱られますよ」

そう言われて、真白はプウッと頬を膨らませる。

「尊敬してますっていう、ボクなりの表現なのに」

「だからって何も、アニキとか姐さんと呼ぶ必要はないですよね。『八尋くん』でいいと思いますよ」

長嶺はそう言いながら、膨らんだ真白の頬をツンツンと突く。

「ずいぶんと膨らむものですねぇ。真白くん、ハムスターとかリスみたいですよ」

「うっ…それ、友達にもよく言われます。小動物系だって。犬にたとえられるときは、トイプードルって言われたし。なんか、ちょっと不本意」

「それじゃあ、何にたとえられたかったんですか？」

「ジャーマンシェパード！」

警察犬として有名な、精悍で逞《たくま》しい犬の名前を出されて、長嶺は思わず噴き出してしまう。

「長嶺さん！　なんで笑うんですか⁉」

「い、いえ…少し驚いたもので……」

「驚いて笑うのって変ですよね？　驚いたら、『わぁ、びっくり』って言うんであって、笑ったりしませんよね？」

「『わぁ、びっくり』」

いかにも棒読みで繰り返した長嶺に、真白はぷんすか怒って腕を叩く。

「長嶺さん、ボクのことバカにしてる！」

「すみません、つい。真白くんが可愛かったもので」

「ぜんぜん意味が分かりません」

やっぱり真白が頬を膨らませると、長嶺は楽しそうにツンツンと突きながら聞く。

「これからも八尋くんに料理を習うんですか？」

「あ、はい。平日は八尋くんと一緒に買い物をしながら帰ってきて、いろいろ教わることになってます。目標は、自分で一人でフルセット作ることです」

「フルセット？」

「ご飯と味噌汁とおかず…あと、漬け物も。今のボクにとっては、すごく遠い道のりっていう感じですけど。とりあえず、八尋くんがヒヤヒヤしなくてすむくらいには包丁を使えるようになりたいなぁ」

「くれぐれも怪我にだけは気をつけてください。明日からは、夕食に間に合うように帰ってきますね。少し遅めになりますが、八時でもいいですか？」

「えっ…でも、仕事、大丈夫ですか？　長嶺さん、すごく忙しいんですよね？」

「仕事はやり方しだいでなんとでもなりますからね。それに、そろそろ第二、第三秘書たちも鍛えていかないと」

「第三って…そんなに秘書っているものなんですか？」

「ファミレス業界への進出を考えているので、人手が必要なんですよ。第三秘書はまだ猫の手に毛が生えたレベルなので、早く使える人間の手にしないと」

　ニヤリと笑う長嶺には、気圧されるものがある。第三秘書の人の明日からが心配になるような表情だ。

　それでも、長嶺と一緒に夕食を摂れるのは嬉しい。八尋には警戒心をなくした真白だが、帝人はまだ怖いのである。

「他の秘書さんたちには悪いけど、長嶺さんとご飯食べられるのは嬉しいかも。ボク、八尋くんに教わって、美味しいご飯を作れるようにがんばりますっ」

「それは嬉しいですが、ゆっくりでいいんですよ。焦る必要はありませんからね」

「はいっ」

真白は元気よく頷き、ニコニコする。そして煮物に箸を伸ばし、しっかりと咀嚼《そしゃく》した。

「やっぱり、美味しい。ボクもいつか、この味が作れるようにします」

がんばるぞ～っと、真白は決意も新たにグッと箸を握り締めた。

★ ★ ★

毎日包丁を使っていれば、それなりに上手くなってくる。

学ぶ気たっぷりの真白はすぐに八尋が監視しなくても大丈夫なようになり、小口切りだの銀杏《いちょう》切りだの言われてもすぐ分かるようにもなった。

味付けにも参加させてもらえ、八尋に醤油《しょうゆ》をもう少しとか、塩をほんの一摘まみなど指示されて一品を完成させる。

家に帰ってまで長嶺の顔を見ていたくないという帝人の意見で、作った料理をせっせと部屋まで移動させることになったが、見かねてか業務用のワゴンを持ってきてくれたので楽だった。

長嶺の帰りを待って二人で夕食をともにし、真白はほんの少しだけアルコールのお裾分けをもらう。

そんな毎日はとても忙しくて、とても充実した楽しい日々だ。

同居して二度目の週末を前に、長嶺はニコニコしながら聞いてくる。

「真白くん、週末は空いていますか？　よかったら、買い物に行きましょう」

「買い物？」

「この部屋にはろくな食器がないので、いつも八尋くんに借りているでしょう？　一通り揃《そろ》えたいと思っても、私では何を買えばいいのか分かりませんから、真白くんにアドバイスをお願いしたいと思いまして」

「ボクだって、よく分かりませんけど」

「必要なものでいいんですよ。茶碗や小鉢など、八尋くんのところからよく借りるもので」

「あ、そうか。それなら分かります。お惣菜が多いから、和食器ですね」

「洋食器なら詳しいのですが、和食器はさっぱりで。自分で料理をするわけでもないので、どういうものが使いやすいのかも分かりませんしね。それに、こういうものには好みがあるでしょう？　真白くんと一緒に選びたいと思ったんです。せっかくの休みなので昼近くまでゆっくり寝て、ランチを食べて、食器を選んで…そのあとはウインドーショッピングでもして、それから映画でも観ましょうか。いかがですか？」

「楽しそう！」

「決まりですね。では、私のために予定を空けておいてください」

「はいっ」

先週の週末は、長嶺が二日とも出勤だった。

さすがにいつもよりずっと早く帰れたからのんびりすることはできたが、土日も仕事をしなければいけないなんて、本当に忙しいんだな～と思ったものである。

それが今週末は一緒に出かけられるのだから、嬉しい以外の何ものでもない。

真白は楽しみで楽しみで仕方なかった。


待ちに待った土曜日。

予定どおり十時過ぎまでゆっくり眠り、それから起きて支度を始めた。

長嶺の車でランチに出かけた先は、洋館のフレンチ店だ。しゃれた庭にもテーブル席があり、冬の日差しの下でコートを着たままコーヒーとケーキを楽しんでいる客もいる。足元にはストーブと膝掛けがあった。

「大人の店だ……」

「我が社の経営している店の一つです。視察を兼ねてしまいますが、味は保証しますよ。何よりここのデザートは、それを目当てで来る女性がいるほど美味しいんです」

「わぁ…何がお勧めですか？」

「一番人気があるのは、ミルフィーユだそうです。一度食べましたが、確かにとても美味しかったですね」

「じゃあ、それにします。楽しみ～」

店員に案内された席からは、綺麗に整えられた庭が見える。冬にもかかわらずいくつか花が咲いているから、寂しい感じはしなかった。

魚と肉の両方が食べられるコースを選び、なおかつ前菜からデザートまで何種類もある料理の中から食べたいものを選んでいった。

真白が物心ついたときにはもう父は事業を成功させ、小学校からずっとお坊ちゃま校に通っている。

だからテーブルマナーもきちんと習っているので、正統派フレンチにも気後れすることはなかった。

それに何より、ゆったりとってあるテーブル席の間には、目隠し代わりの植物が置かれているので、隣の客があまり気にならないようになっている。

「素敵なお店ですね～。いかにも高級そうなのに、不思議と落ち着く感じで。他のお店もこういう雰囲気なんですか？」

「そうですね。建物に合わせた内装にはしますが、基本コンセプトは同じです」

「んー…ファミレスとはかけ離れてますよねぇ。なんだか、想像できません」

「ファミレスの場合は、『家族連れでも落ち着ける』という条件がつきますから、ここととはまったく違うものになるでしょうね。私たちも、別物として考えています」

「ふぁー……ますます大変そう。長嶺さんが忙しいわけですよね。今までのお仕事にプラスして、別物であるファミレスなんて……」

「そのぶん、やりがいがありますから。新たなことに挑戦するのは楽しいですよ」

「楽しいのかぁ。ボクは、新しいことに挑戦するのは、どっちかというと怖いほうが強いですけど。八尋くんに声をかけるのも、すごく怖かったです。勇気を振り絞ったかいはありましたけど」

「おかげで私も、毎日美味しい食事を食べることができていますしね。真白くんの勇気に感謝しないと」

「長嶺さんが居候させてくれているおかげです。この前、荷物を取りに家に戻ってお母さんと少し話したんですけど、ボクが家事とか習ってるって言ったら驚いてました。今度、得意料理を教えてもらおうと思ってます」

「ああ、それはいいですね。お母さんも喜んでいたんじゃないですか？」

「はい。えらいわ～って褒められちゃいました」

ニコニコしていると飲み物と前菜が運ばれてきて、二人は乾杯する。

「車なので、アルコールを飲めないのが残念です。真白くんはいいんですか？」

「まだお昼だし。夜は、何か買って帰りますか？　デパ地下のお惣菜売り場って、すごく充実してて楽しいですよ」

「どこも力を入れていますからね」

「そうなんですよ～。とにかく店が多いから、目移りして困っちゃうんですけどね。韓国風《かんこくふう》海苔《のり》巻きとキムチ、ローストビーフに海老《えび》チリなんてめちゃくちゃなチョイスができるのが好きで。友達の家で遊ぶときは、みんなでデパ地下で食料を買い込んでから飲み会に突入したりします」

「むっ…友達の家で飲み会…ですか？」

「ボクはたいてい、食べるだけ食べて先に寝ちゃってますけど。ホラー祭とかSF祭のときは、飲まないようにしてます」

「ホラー祭？」

「お酒を飲みながら、ホラーDVDを見まくるんです。『十三日《じゅうさんにち》の金曜日《きんようび》』シリーズを一から見始めて、最新のリメイク版で終わる…みたいな。疲れるけど、楽しいですよ～」

「ははぁ…なるほど。学生時代、似たようなことをした覚えがあります」

そんなふうににこやかに会話をしながらも、長嶺の目は料理が出るたびに厳しいものになる。

盛り付けや素材をチェックし、味を確かめていた。

すぐにまたいつもの優しい表情に戻るのだが、真白は仕事をする顔ってカッコいい…などと考えているのだった。

ミルフィーユは、長嶺が言ったとおり素晴らしいものだった。サクサクのパイに、甘酸っぱいイチゴ。何よりも、間に挟んであるクリームが濃厚で絶妙な味わいだ。

食事を終えて車に戻ってからも、真白はしばらく「ミルフィーユ最高」とはしゃいでいた。

「あのクリームなら、他のデザートも美味しいだろうなぁ」

「アラカルトでしか食べられませんが、季節限定のパフェも人気がありますね。今の時期ならイチゴですが、クリームをたっぷり使っています」

「ああ、美味しそう…でも、コースのあとのデザートには重いかなぁ」

「女性は、前菜とメインだけのコースにして、それとは別に注文するようですよ」

「じゃあ、デザート二つ？　あ、でも、コースのデザートをチョコレートケーキかフルーツタルトにしてパフェもありかも……」

「ありなんですか？　私はさすがに無理ですねぇ。甘いものは嫌いではありませんが、二つはちょっと……」

「ボク、ケーキバイキングなら六個から八個くらい食べますよ。もちろん小振りだし、合間にしょっぱいのを食べますけどね。甘党の友達なんて、十個くらい平気で食べるし」

「うう〜ん…若いって、素晴らしい。そんなに好きなら、今度お茶をしに行きましょうか。ハイティーのセットを出していて、スコーンが素晴らしく美味しいですよ」

「い、行きたい！」

「では、一つ約束ですね」

「はいっ」

楽しみができたと真白が喜んでいると、車がパーキングに停まる。

「すぐ近くに、陶器の店があるんですよ。人に紹介されただけなので行ったことはないのですが、和食器の品揃えが豊富らしいとか」

「へぇ」

暖簾《のれん》がかかった入口から入ると、中はかなりの広さがある。繁華街からは少し離れているのに、それなりに客がいた。

「いらっしゃいませ。何かお探しですか？」

「茶碗や湯呑み…食器の類がほとんどないので、一揃い欲しいんです。すべて、二客ずつで。——客を招くつもりはありませんし、私たちのぶんだけあればいいですよね」

顔を見て問いかけられて、真白は頷く。

「はい」

「モチーフを、ある程度揃えましょうか。統一感が出ますし」

「そうですねー。何がいいかな」

「私は、ハムスターかウサギを希望します。それしか考えられません」

「長嶺さんっ！」

からかっているのかと真白は膨れるが、長嶺は本気だ。本気で店員に相談をしている。

「ネズミはございますが、ハムスターはあいにくと……。ウサギは人気がありますので、いろいろ取り揃えております」

「……長嶺さんってば、本気なんですね」

「もちろん。ウサギ、可愛いじゃありませんか」

「可愛いとは思いますけど、うーん…なんだか、からかわれてる気分」

そこで頬を膨らませるからハムスターなどと言われるのだが、本人にその自覚はない。頬を膨らませるのだって無意識のうちにする癖で、自分では気がついていなかった。

「ウサギの絵柄はあちらになりますので、どうぞ」

「はい」

人気があるというだけあって、売り場の一角にかなりの広さのコーナーが作られていた。子供が好みそうな可愛らしいものから、大人向きの渋いものまでいろいろだ。

真白と長嶺は一つずつ見て回って、気になったものを手に取ってマジマジと見つめる。

「日本人って、月とウサギのモチーフが好きなんですねぇ。こんなにたくさんあるなんて。まぁ、そういうボクも好きなんですけど」

「私もです。わけもなく惹かれますね」

「本当に。あ…これ、いいかも。ウサギ模様なのに可愛すぎないし、綺麗な絵」

「ああ、いいですね。茶碗以外にもいろいろあるようですし、これにしましょうか。私は青、真白くんはピンクで」

「えーっ、ボクも青がいいです。ピンクは、女の子の色ですよ」

「でも、それだと、どちらが自分のか分からなくなりますよ。それにこれは、ピンクというより桜色という感じですし。色合いも、わりと落ち着いていますよね？」

「うーん……」

でもやっぱりピンクだし、女性向けだし…と唸る真白に、長嶺はさらに言う。

「まぁ、いいじゃないですか。使ってみて、どうしても気に入らなかったら青いのを買いましょう」

「そ、それなら……」

「よかった。では、この作家のウサギシリーズをすべて二人分お願いします。他の足りないものは、真白くんが選んでくれますか？」

「はい」

この作家のものは茶碗と湯呑み、大小の皿に小鉢などがある。真白としては深皿や中鉢なども欲しいので、それらを探すことにした。

店内をゆっくり見て回って、あれがいい、これが好きだなどと言いながら一通りのものを選んだ。

さすがに一気に揃えるとなると量が多いので、梱包に時間がかかる。配送してもらうことにして、今日は何時に帰るか分からないから、明日受け取れるよう手配した。

「……これで、必要な買い物は終わりましたね。あとは気楽にウインドーショッピングでもして、映画を観て…真白くんは普段、どんなところで服を買っているんですか？」

「んー…原宿《はらじゅく》、代官山《だいかんやま》、表参道《おもてさんどう》とか適当に。どの店のが好きっていうこだわりがないんですよ」

「そうですか…映画を観るなら、銀座《ぎんざ》か新宿《しんじゅく》が便利ですね。どっちがいいですか？」

「んーんー…銀座で。大人の街っていうイメージが強いから用がなきゃ行かないんですけど、長嶺さんが一緒なら気後れしなくてすみそう。それに、どうせならあんまり行かないとこのほうが嬉しいです」

「では、銀座にしましょう」

「はい」

「携帯で調べて、観たい映画を決めてもらえますか？　できればアクション系でお願いします。

「恋愛ものは眠くなってしまって」

「それは、ボクも同じです。今って何をやってたかな～？」

どうやら映画の趣味も合うらしいと嬉しく思いながら真白は携帯電話でチェックし、いくつか見たいと思えるタイトルをあげて一つに絞る。

映画館と上映時間をメモし、銀座へと向かった。

空いているパーキングを見つけて車を停め、特に目的もなくそぞろ歩く。

ときおり、ショーウインドーに惹かれて店の中に入るが、やはり長嶺といれば気後れはしなくてすんだ。

少しでも大人っぽく見せたいので、真白は黒系の服をよく着ている。今も、黒のカシミアのセーターにジーンズ、黒のロングコートだ。

「これ、真白くんに似合いそうですね」

長嶺が指差したのは、白のニットセーターだ。フワフワのモコモコで、実に暖かそうである。

「うん、絶対に似合う。真白くんは黒が多いですからね。こういうのを着てほしいと思っていたんですよ」

サイズを確かめてさっさとレジに持っていってしまう長嶺を、真白は止めなければならなかった。

「ま、待ってください。それって、ボクに？　服ならたくさんあるし、必要ありませんからっ」

「私が買いたいんですよ。忙しい毎日で、たまの買い物はストレス発散になるので、いいじゃありませんか」

「それなら、自分のものを買うほうがいいと思います。ボクのはいらないですから～」

「気に入ったのがあれば買いますけど、今はこれが欲しいんですよ。真白くんはこれ、嫌いですか？」

その問いに、真白はなんとも複雑な表情を浮かべる。

「……白でモフモフしてるから、子供っぽく見えて嫌です」

「似合えばいいんですよ」

「よくないです。だってボク、もう二十歳過ぎてるのに、夜に繁華街を歩いていると、補導されたりするんですよっ？　学生証を見せて年齢確認してもらうと、すごく驚かれたりするし。……あれ、わりと傷つくんですから」

だから、そんなことのないようになるべく大人っぽく見える格好をしているのである。

「それは、見る目のない補導員が悪いですね。そんなものは気にせず、似合う服を着たほうがいいですよ。……というわけで、買ってきます」

「長嶺さ…あぁ～っ」

真白は止めようとしたものの、長嶺はすでに店員に服を渡している。カードでさっさと支払いをすませるのを見て、いらないと割って入ることはできなかった。

ニコニコと上機嫌で袋を提げて戻ってきた長嶺に、真白は小さく溜め息を漏らしながら言う。

「いくらでした?　払います」

「必要ありません。私が勝手に買ったんですから。それより、次に行きましょうか」

「でも……」

「気にしない、気にしない。あっ、あの店に入りましょう」

イギリスらしいかっちりしたコートで有名なブランドは、長嶺に似合いそうである。シャツやネクタイ、セーターなんかも上質なものを揃えている。

今度は長嶺に似合うものを見つけようと真白は張りきって見て回ったが、コートのコーナーで長嶺に言われる。

「これ、可愛いと思いませんか?」

そう言って長嶺が見せたのは、薄茶色のダッフルコートだ。

「か…可愛いとは思いますけど、長嶺さんにダッフルコートはどうかな〜と。トレンチとか似合いそう」

「私にじゃなく、真白くんにですよ、もちろん。私はこのトレンチ、持っていますから。真白くんのコート、黒とかグレーばかりで気になっていたんです」

「黒が好きなので」

「たまにはこういうのもいいじゃありませんか。ちょっと着てみてください」

長嶺は有無を言わさず真白が着ていたコートを脱がせ、薄茶色のダッフルコートを着せる。

「あ…軽い…裏地、フワフワ〜」

気持ちいい感触だと真白がうっとりすると、長嶺は満足そうにうんうんと頷いた。

「似合いますね〜。うん、可愛い。ちょっと、フードを被ってみてください。前ボタンを全部留めて、と」

「………」

フードを被って前ボタンを留めた自分の姿を鏡で見た真白は、へニャリと情けない顔をする。

薄茶色のフードには真白なモコモコの布が縁飾りとしてつけられていて、真白の童顔をより幼く見せている。

これじゃ高校生どころか中学生に間違われそうだとズーンと落ち込む真白とは反対に、長嶺は「か、可愛いぃ」と感動に打ち震えていた。

「似合う！　とてもよく似合っていますよ。まるで、真白くんのために作られたようです。

——すみません、これ、お願いします。このまま着ていきたいのですが」

「な、長嶺さん！　ボク、コートはたくさん持ってますからっ」

「私が、真白くんに買ってあげたいんです。自己満足なのは分かっていますが、このコートを着た真白くんと一緒に歩きたいんですよ。ダメですか？」

「うっ……」

長嶺は一転して悲しそうな表情を浮かべ、真白を動揺させる。

「ようやく取れた休みなんですよ。私のワガママに付き合ってもらえませんか？」

お願いしますと縋《すが》りつくような目で言われ、真白は思わず頷いてしまう。

「わ、分かりました……」

「ありがとうございます。では、早速」

真白は即行でレジへと連れていかれ、着てきたコートの代わりにそのダッフルコートを着て歩くことになった。

大人で魅力的な長嶺の横で、子供のように見られるのではないかと気になってしまう。女性がときおり長嶺に見とれ、秋波を送っているのが分かっていた。けれど長嶺はそういう女性を一顧だにせず、ニコニコと真白を見つめ、話しかけてくれる。

何度も「似合う」「可愛い」と言われれば嬉しいもので、いつしか真白はコンプレックスを忘れて長嶺と一緒に銀座の街をそぞろ歩いていた。


週明け、せっかく買ってもらったのだからと真白が白いセーターに薄茶色のコートを羽織って大学に行くと、友人たちから一様に「似合う」とか「可愛い」と言われた。

ついでに「ウサ感が上がった」だの「いや、ハム感だろ」などという議論になり、真白はヘソを曲げることになる。

「ウサギとかハムスターってなんだよっ。ボクの目標はジャーマンシェパードだ！」

「トイプードルがなんか言ってるぞ」

「ティーカッププードルっていう説もあるんだが」

「ちょっと！　ボクはそんなに小さくないっ。失礼なこと言うな」

ムキになってキャンキャン喚く姿が可愛くて、友人たちは笑う。

真白の友人も両親と同じように過保護で、怪しげな人間や、おかしな下心を持つ人間を周囲から排除してきたから、真白の側にいるのは真白を純粋に可愛いと思っている面々だ。

そんなふうに話していると、入口から帝人と八尋が入ってきて空いている席に座る。

「あ、八尋くんだ。挨拶してくる」

真白がトトトと近寄っておはようと挨拶し、二言三言話してから友人のところに戻ってくると、彼らはなんとも複雑な表情をしていた。

「何？」

「いや…ずいぶん仲良くなったもんだと思って。あの二人も、真白相手だと睨まないもんな」

「それは、真白だから」

「真白だもんな……」

どういう意味だと聞きたくなるような納得の仕方に、真白は眉間に皺を寄せて言う。

「八尋くん、優しくていい人だよ。下心さえなければ。鷹司くんも、八尋くんに変な目を向けなければ普通に喋ってくれるし」

「うーん…それがなかなか……」

「なんか知らんが、難しいんだよなぁ。俺なんて、どノーマルとして二十年生きてきてるし、心の底から女の子が好きだと断言できるのに、それでも中神を見てるとドキドキするというか……」

「分かる。なんか、こう…下半身を直撃されるような、心の底から湧いてくるものがあるよな。特に、あのキツめの目で見つめられると、もうっ」

「俺はノーマル、相手は男…っていう呪文がどこかに吹っ飛ぶんだよ。君子危うきに近寄らずってことで、俺はあまり接触しないようにしてる」

「どうあがいても中神への下心が生まれる以上、近寄れば鷹司の睨みが飛んでくるしな」

うんうんと頷く彼らに、真白はへぇと感心する。

「八尋くんのフェロモンってすごいね。渡辺《わたなべ》たち、普通に彼女いたりするのに、それでもムラムラ〜ってするんだ」

「あれはもう、理屈じゃなくて、本能だからな。まぁ、真白みたいなお子ちゃまには分からないだろうけど」

「そうそう。『男』じゃないと分からないものなんだよ」

「なんだよー、それ。ボクだって立派に男だっ」

「性別はな」

「性別だけだな、今のところ」

小等部の頃からの友人もいるから、真白が恋人いない歴二十年だということはバレてしまっている。プロにお願いできるような性格でもないから、童貞だということもバレバレだった。

それが真白にも分かっているから、強く文句を言えずうーうー唸るばかりである。


そしてその日の夜、長嶺が帰ってくると真白は出迎えてそのことを愚痴る。

「ああ、私が選んだ服を着てくれたんですね。よく似合ってます」

「友達にも褒められました。でも、ウサ感が上がったとか、ハム感が上がったとか言うんですよ。失礼ですよね」

不満そうに頬を膨らませる真白の顔はまさしくハムスターという感じなのだが、本人は似ているなんて少しも思っていない。

長嶺が買ってくれたセーターがモフモフしているせいだと思っていた。

「……実は、真白くんに似合いそうな服を見つけて、また買ってしまいました」

そう言いながら長嶺が袋からクリーム色のセーターを取り出すのに、真白は「長嶺さん！」と非難の声を上げる。

「どうしてまた買ってきちゃうんですか⁉」

「真白くんに似合いそうだな～と思ったら、つい欲しくなってしまって。返品するわけにもいきませんし、着てもらえませんか？」

「んん～っ」

「――あ、いい匂いがするなぁ。真白くん、今日の夕食はなんですか？」

「長嶺さんの好きな鰤《ぶり》大根と、牡蠣《かき》フライと…って、そうじゃなくて！　どうして、そう無駄遣いをするんですか？」

「真白くんの服は、無駄遣いなんかじゃありませんよ。淡いブルーとクリームで、どちらにするか悩むのも、とても楽しかったです。私の喜びを取り上げないでください」

「だから、買い物なら自分のにすればいいのに……」

「自分のものでは、楽しくないんです。真白くんのだから楽しいんですよ」

「でも……」

やっぱり自分のじゃないし真白のものを買うのはおかしいと言おうとしたのを、長嶺の「お腹が空きました」という一言が遮ってしまう。

「すぐに温めますから、着替えてきてください」

「はい」

母から生活費として渡すように言われた、お金を入れた封筒を長嶺も八尋も受け取ってくれないから、真白はそのお金で炊飯器を買った。おかげで炊き立てが食べられるし、お代わりの心配もしなくていい。

夕食の準備のほうに気を取られた真白は、うっかりまた男物にしては妙に可愛いセーターを受け取らされてしまうのだった。

★　★　★

もともと不器用というわけではなく、周囲の人間が過保護でやらせてくれなかっただけの真白は、最近では味付けまですべて自分でできるようになっている。

「今日は、金目鯛《きんめだい》の煮つけと酢の物だよね。長嶺さん、魚の煮付け好きなんだよ」

「栄螺《さざえ》も入っていたから、これはお刺身にしようか」

自炊する八尋のために、鷹司家の手配で定期的に海の幸が送られてくる。毎回中身が違うというそれは、朝獲れたての新鮮なものばかりだ。

魚などは当然そのまま届くから、八尋は捌《さば》くのが得意になったと言っていた。

真白も八尋を真似しながら挑戦するものの、八尋のようにうまくはできない。特に生きた蟹《かに》や伊勢《いせ》海老を料理するときは、思わず悲鳴を上げてしまったほどだ。

あれに比べれば、栄螺など可愛いものである。

がんばるぞ〜と張り切ったところで、玄関のほうから物音が聞こえてくる。

「鷹司くんが帰ってきたのかな?」

「それしか考えられないけど……」

いつもの帰宅時間まで二時間もある。帰ってくるにはずいぶんと早かった。

二人が首を傾げていると、帝人が姿を現す。

「まだ六時なのに、今日はずいぶん早いね」

「キリがよかったからな。たまには早く帰るのもいいだろう」

帝人が早く帰れるなら、長嶺も…と思い、真白は目を輝かせて帝人に聞く。

「長嶺さんも、もう帰ってる?」

「いや、あいつはいつもどおり」

「なんだー」

目に見えてガッカリする真白に、帝人がからかうように言う。

「えらく懐いたもんだよな。あいつが誰かを懐に入れるなんて、いまだに信じられないもんがあるが」

「可愛子ぶりっ子は嫌いでも、本物の可愛子ちゃんは好みだったんだね。意外中の意外。愛玩動物系はウザいって蹴飛ばすタイプだと思ってたのに」

「まさか小動物趣味とは。あいつ、ショタだったのか」

「うーん？」

二人して、何やら失礼なことを言っている。

真白はプウッと頬を膨らませた。

「小動物とかショタって何⁉　ボクは大人の男だ！」

「……大人の、男……？」

「……似合わねぇ言葉」

二人同時にそんなことを言われて、真白の機嫌はますます悪くなる。

「二人とも失礼！　ボクにそういうことを言うと、自分に返ってくるよ。同じ年なんだから」

「いや、でもボク、繁華街を歩いても補導されないし」

「年が同じっていうだけで一括《ひとくく》りにされちゃたまらん。俺とお前を同列に扱うのは無理があるだろ。その証拠に、長嶺は俺には厳しいぞ～。子供の頃から、何度、鬼、悪魔と叫んだことか」

「そんなわけないじゃん。長嶺さん、あんなに優しいのに」

「それはお前にだけだ。長嶺は、基本厳しい男だからな。今も部下たちが泣かされてるぞ。もっとも、お前が転がり込んできてからは機嫌がいいから、前ほどビクビクしなくなったが。俺としても妙に機嫌のいい長嶺は気持ち悪くて仕方ないんだが、機嫌が悪いよりマシだから、お前は末永く長嶺に可愛がられてろ」

「鷹司くんってば、なんの冗談を言ってんだか」

帝人の言葉に笑ったのは真白だけで、二人とも真顔のままだ。

しかもなんともいえない表情で真白を見つめている。

「な、何?」

「うん、まぁ、真白くんはそのままでいいと思うよ。きっと長嶺さんも、そういうところが気に入ってるんだろうし」

「そうだな、俺も同感だ。ハムはポワポワしてるほうがいい」

「ハムじゃないってば！」

「はいはい。さて、着替えてくるか。あ、ハム、コーヒーを淹れてくれ。コーヒーを淹れるのは、お前のほうがうまい」

「あ、ボクも欲しいな」

家事はいっさいできないが、コーヒーにだけはこだわりがあるという長嶺に休みの日にみっちり教わって、淹れるのが上手になった。生真面目なところのある真白は手抜きをしないので、教えられた手順をきちんと守るのである。

ローストされた豆を丁寧に挽《ひ》くことから始め、集中しながらゆっくりと湯を落とす頃、シャ

ツにジーンズという楽な格好に着替えた帝人が戻ってくる。

「ふぅ……完成……」

三人分のコーヒーを淹れてテーブルに置くと、帝人はテレビの前のソファーにドッカリと座って海外ニュースを見ていた。

「……鷹司くんも、英語のニュースを観るんだ。すごいなぁ」

「英語くらいできないと、仕事にならないからな。通訳を入れるなんてまどろっこしいし、正確なニュアンスが伝わらないだろ」

「ううっ……やっぱり、鷹司くんを見習えなんて、お父さんは無謀だ……」

英語の成績は決して悪くない真白だが、英語で伝えられるニュースは半分くらいしか分からない。

頭で日本語に直そうとしている間に先へと進んでしまうし、知らない単語がいくつも出てくる。

普通のニュースですらそれだから、訛《なま》りがあれば聞き取れない可能性があるし、ビジネス用語はお手上げだ。一応大学で習っているものの、実戦に使えるとは思えなかった。

真白もずいぶん帝人と話すのにも慣れてきたし、いい機会だからと質問をしてみる。

「あのさ…社長業って大変？」

「なんだ、いきなり」

「ごめん。でも、お父さんが鷹司くんを見習えってうるさいんだよ。一応、一人息子だから跡を継がせたいみたいで。でも鷹司くんを見てると、見習いようがないっていうか…そもそもボクって、社長に向いてないいんじゃないかと……。まぁ、社長業っていっても漠然としか分からないから、どんなものか知りたいなって思ってたんだ」

「お前だと、舐められそうだよな。多少の押しの強さと安心感が必要だから、舐められるとやりにくいぞ。俺だって、若いからっていう理由で侮られたり、相手にされなかったりしたことがあるんだから。お前って、十年経っても貫禄つきそうにないし、社長に向いてるか疑問だ」

この偉そうな帝人でさえそんなことがあるのかと思うと、真白はますます無理だという気持ちが強くなる。

シュンとする真白に、八尋が慰めるように言う。

「でも、マスコット社長みたいな感じで、可愛がられそうではあるよね。仕事さえできれば、この容姿がいい方向に働くかもよ？　帝人、社長って具体的に何をするわけ？」

「そうだな…山のような資料とデータを読み込んで理解し、分析し、最善と思われる決断をすることが一番大切な仕事だ。その決断に、企業の未来と社員の生活がかかっているからな」

「うっ……」

「それなら、真白くんでも大丈夫なんじゃないの？　成績、いいよね？　ディスカッションではワタワタしてても、的確なことを言ったりするし」

「でも、補佐的役割が多かったよな？　それに決断を下すのも苦手そうだった」

「ううっ」

　真白は呻き、頭を抱える。

「ボク、決断するのとかすごく苦手。他の人の生活を背負うの、怖くて仕方ないんだけどっ。鷹司くんは怖くないの？」

「それが俺の仕事だからな。怖いからって逃げるわけにもいかないだろ」

「ううう～っ。そういうの、無理～」

　子供の頃から、無理しなくていい、がんばらなくていいと言われて育ってきたのである。とにかく無事に、健康でさえあればいいと言われてきたのが、いきなりがんばれと言われても困ってしまう。

　コツコツとやればいい事務仕事や、決断の必要のない補佐的な役割なら得意なのだが、帝人が言ったのはどれも真白の苦手とすることばかりだ。

　うーんうーんと唸る真白に、八尋がよしよしと頭を撫でて慰めてくれる。

「まぁ、そう思いつめないで。ボクたちまだ大学生だよ？　社会人になるまでにはもう二年あるし、社長になるとしても真白くんのお父さんの年齢を考えれば十年後か二十年後か…考える時間はたっぷりあるよ」

「あ、そうか…そうだよね……。鷹司くんのせいで毎日お父さんにガーガー言われたから焦ってたけど、社長になるとかならないなんていう話は何十年も先…うーん…何十年経っても、そういうのが得意になってるとは思えないなぁ」

「心の持ちようと訓練しだいである程度できるようになるとは思うけど、生来の資質的なものが大きいのは確かだよね。でも、悩んでもどうしようもないことだし、努力目標にでもしておけば?」

「うん、そうだよね……。今は、考えない、考えない」

真白はプルプルと頭を振って、悩みを追い出そうとする。そして自分で淹れたコーヒーを飲み、はぁと大きく息を吐き出した。

「美味しい…コーヒーを淹れたり、料理をしたりっていう作業は好きなんだけどなぁ。時間と手間を惜しまなければ、ちゃんとできることって好き」

「そっちの才能はあると思うよ。お坊ちゃまだけあって味覚がしっかりしてるから。社長業よりは向いてるんじゃないかな」

「うーん…でも、お父さんの希望はボクに跡を継がせることなんだよね。家に戻ったら、またガーガー言われるのかと思うと、ホント憂鬱……」

「このまま長嶺さんのところでお世話になってれば? おかげで自立心も養われたみたいだし、長嶺さんも歓迎してるし、悪いことじゃないと思うけど。家にいたら家事を学ぼうなんて思わなかったわけだし」

「そうなんだよねー。いいことなんだよねー。料理を教わるの楽しいし、長嶺さんが美味しいって食べてくれるとすごく嬉しい。これって、作る喜びってやつ？」

「そうだね。自分一人だと、つい手抜きしちゃうし。一緒に食べる人がいてくれないと、つまらないかな」

「やっぱり、そうなんだー」

八尋も同じなのかと思うと、真白は嬉しくなる。

今日のメニューの煮付けや栄螺だって、長嶺が好きそうだな〜と思うからこそやりがいがあるのだ。

「誰かのために料理するって、楽しいなぁ」

真白はしみじみと呟き、うんうんと頷いた。


八尋に教わりながら料理を作っているときはいいのだが、作った料理を部屋に持って帰って一人になるとつい考え込んでしまう。

父の期待の重さと、社長に向いているとは思えない自分の適性に溜め息が漏れた。

父と喧嘩をして長嶺のところに逃げ込み、毎日が楽しくて忘れがちだが、真白だってこのままでいられないことは分かっている。いつまでも逃げてはいられないし、いずれなんらかの決着をつける必要があるのだ。

「家に戻りたくないなぁ」

今の父はうるさくて嫌だが、両親も家も大好きだ。だから家に戻りたくないというよりは、このまま長嶺の側にいたいという気持ちが強い。

自分でもよく分からないが、長嶺のことが好きなのだ。大人の男性として、真白の理想そのものだからかもしれない。

長嶺だったら父を落胆させなくてもすむのに…と思うと、溜め息ばかりが漏れてしまう真白だった。

真白がハーだのフーだの言っていると長嶺が帰宅してきて、真白はソファーに座り込んだまま「おかえりなさい」と言う。

「真白くん？　どうかしたんですか？」

「え？　え？　な、何がですか？」

「表情が暗いですよ。いつもはニコニコ楽しそうなのに」

「ええっと…そう、ですか？」

「ええ。何か悩み事があると顔に書いてあります」

「わぁ」

真白は慌てて両手で顔を覆って隠そうとするが、もう見られたあとだと気がついてシオシオと下ろした。

「それで？　何があったんですか？」

「んー…今日、鷹司くんが早く帰ってきたじゃないですか」

「そうですね」

「それで、いい機会だからと思って社長業についていろいろ聞いて…ボクには無理そうだって分かったんです。社長業って、ボクの苦手なことばっかりだって。お父さんの期待に応えられそうにないって考えて、ちょっと落ち込んでました」

「難しい問題ですね」

「八尋くんは、まだまだ時間があるから訓練すればいいって言ってくれたんですけど、どう訓練しても社長としてがんばれる気がしない……」

肩を落とす真白の隣に長嶺が座り、よしよしと慰めてくれる。

「真白くんはいい子だから、お父さんの期待に応えようと一生懸命なんですね。がんばるのはいいですが、がんばりすぎてはいけませんよ？」

「長嶺さん……」

「私の家は代々鷹司家に仕えてきましたし、私もそれを当然のように期待されました。けれど、私が社長の…帝人くんの秘書をしているのは、彼が面白い存在だからですよ」

「面白い？」

「ええ。小さいときからあの性格で、私は何度となく教育的指導を行ってきたのですが、実に打たれ強い子でしてね。普通なら逃げ回るところを歯向かってきて、とても面白かったんですよ。以来、興味を惹かれるまま観察してきて、今に至るという感じです」

「ええっと…それはつまり、鷹司くんだったから秘書になった？　もし鷹司くんがああいう性格じゃなければ、お父さんに背《そむ》いていたんですか？」

「もちろん。私は、家に縛られるつもりはありませんからね。ですから、帝人くんが私から見てつまらない人間になれば、私は秘書を辞めるつもりです」

「お父さんの期待を裏切って、悲しませても……？」

「ええ。私の人生は、私のものですから」

「………」

　その言葉に、真白は考え込む。

　長嶺は自分に自信があるからそんなにもきっぱりと物事を割り切れるのだろうが、真白はそうはいかない。

　思わず俯く真白を、長嶺は優しく抱き寄せた。

「だからといって、真白くんが私と同じことをする必要はありません。普通は、そう簡単に家を捨てられるものではありませんから。自分で言うのもなんですが、私は少し特殊なんですよ。

家自体が特殊なせいもあるかもしれませんが」

「お父さんのことを信頼していないって、鷹司くんが言ってましたけど、本当ですか？」

「父は父なりに家族を愛していることは知っていますが、それは鷹司家に対する忠義を上回るほどでもないことも知っていますからね。父はおそらく、私と帝人くんが崖から落ちそうになっていたら、帝人くんを助けるでしょう。それは私を息子として愛していないわけではなく、それ以上に主家が大切なだけですが…息子としてはやはり、悲しく思いますね」

「そんなの、ひどいです」

「私には、そこまで主家を大事に思う気持ちが理解できないんですよ。それに、そんな父に失望も感じていました。今は、仕方ないと理解できますが」

「理解…できるんですか……？」

「人の考えや気持ちは、十人十色だということは。何が一番大事か、人によって違うのは当然だと思えるようになったんです。真白くんはまだ若いんですし、いろいろ悩むのもいいと思いますよ。考えて、迷って、自分にとって大切だと思う道を探せばいいんです。それがお父さんの意には添わないとしても、真白くんが出した答えならお父さんも最終的には認めてくれるのではないでしょうか」

「本当に？」

「お父さんは、真白くんを愛していますからね。真白くんも、お父さんを愛しているでしょう？

だから、大丈夫です」

「……」

その言葉が真白の胸にじんわりと染み込んできて、ついつい長嶺に甘えてしまう。

頭を撫でる手を嬉しく思い、触れたところから伝わってくるぬくもりにホッとする。

「長嶺さん、優しい…大好き」

「私も真白くんのことが大好きですよ」

長嶺はそう言って、真白の額にそっとキスをした。

真白はそれに驚いたものの、妙な嬉しさと安心感とともに、自然に受け入れていた。

★　★　★

土曜の午後。

週末にもかかわらず午前中はどうしても外せない仕事がある長嶺だが、午後からは休みが取れるという。

カフェで待ち合わせをして一緒に映画を観て、食事をする予定である。

真白はスキップでもしそうな軽い足取りでカフェへと向かい、着いたのは約束の十分前だった。

まだ来ていないだろうと思いながらも店内を見回し、長嶺を見つける。

「あ……」

長嶺は、一人ではなかった。長いストレートヘアの美女と顔を近づけ、仲良さそうに話している。

女性の手が、長嶺の肩に触れる。

女性の手が、長嶺の髪に触れる。

笑いながらからかうように長嶺の前髪を掻き上げるのを、長嶺は嫌がるでもなくされるに任せていた。

真白はそれに、大きなショックを受ける。

頭をガツンと殴りつけられたような衝撃である。

「……」

長嶺は、恋人はいないと言っていた。

それに真白が転がり込んできてからのこの一月《ひとつき》近くというもの、仕事以外ではずっと真白と一緒にいてくれたから、こんなふうに親しい女性がいるとは考えたこともない。

けれど長嶺はとてもハンサムだし、何一つとして欠点のない完璧な大人の男性だ。周りの女性が放っておくわけもないし、長嶺も大人の男として女性との付き合いがあってもおかしくないと思った。

長嶺の男ぶりを考えれば、むしろないほうが不自然に思えるほどである。

呆然と立ち尽くす真白を長嶺が見つけて近づき、エスコートするようにその女性のところまで連れていった。

「真白くん、紹介するよ。こちら、上條初音《かみじょうはつね》さん」

「初音です。よろしくね、真白くん。秀司《しゅうじ》とはもう長い付き合いなのよ。あなたのことも聞いてるわ」

「あ、あの……」

真白は何か言わなくてはと思うのだが、頭が真っ白で何も思い浮かばない。グワングワンと耳鳴りがして、体が小刻みに震えた。

ここにはいたくないと思う。

「ごめんなさい、ボク……」

真白はそう小さく呟くと、踵を返して脱兎のごとく逃げ出した。

「真白くん⁉」

長嶺の驚いた声が後ろのほうから聞こえてきたが、真白は止まらない。前もろくに見ずに闇雲に走り続けた。

「――――」

頭の中は、今見た二人の様子でいっぱいである。

真白に向かって微笑んだ初音は、美しく落ち着いた大人の女性だった。彼女なら、長嶺ともつりあう。

長嶺が初音を優しく見つめ、触れることを考えると胸が痛くなる。

思い返してみると真白はパーティーで出会っただけの相手で、居候させてもらっているのは純粋に長嶺の厚意なのだ。

そんな自分が、長嶺にこれ以上を望むのはわがままでしかない。

「——これ以上って…何……？」

夢中になって走り続けていた真白は、自分の思考に気づいて足を緩める。

頭の中を長嶺と初音の寄り添う姿がグルグルと回っていた。

初音は長嶺のことを秀司と名前で呼んでいたし、長い付き合いと言っていたように、二人の間には馴染んだ空気というか、独特の気のおけない感じが漂っていた。

真白はそれを男女の肉体関係だと思い、ショックを受けたのである。

「でも…なんで……？」

少し考えれば、長嶺にそういう女性がいても当然だと分かる。長嶺の年齢と魅力からすれば普通だ。

それなのに真白はそのことに大きな衝撃を受け、今は胸が潰れそうに苦しい。

そしてようやく、自分は長嶺が好きなのだと気がついた。

好意とかそんなものではなく、長嶺の唯一無二の存在…恋人になりたいのだと気がついたのである。

「うそ……」

自分はゲイではないはずだ。

同年代の女の子には相手にされないから恋人はいないが、初恋相手はちゃんと女の子だし、そのあと淡い恋心を抱いたのもみんな女の子ばかりである。同性に心惹かれたことなど、一度もなかった。

なのにどういうわけか、長嶺を好きになっている。

真白が今まで一度も感じたことのない独占欲を持って、長嶺を自分だけのものにしたいと思っていた。

長嶺は優しい人だから、他の人間にも優しくするのは当たり前なのに、それは嫌だと感じる。

自分だけを見て、自分だけに優しくしてほしいと思った。

「でも、そんなのわがままだ……」

長嶺が優しいから、いつの間にかどっぷり甘えていたらしい。そしてそのことに気がついても、やっぱり他の人に優しくするのは嫌だと思ってしまう。

そんな自分に落ち込み、自己嫌悪を感じ、真白はガックリと肩を落とす。

「――」

長嶺と初音のことで頭をいっぱいにしたまま延々と歩き続けていた真白は、物陰を見つけて立ち止まる。

あまり人目につかなくてもすみそうなその場所に入り込み、長嶺のことをグルグルと考えた。

長嶺と一緒にいることに慣れ、優しくされるのが嬉しくて忘れてしまっていたが、真白はあくまでも一時的な居候なのである。

いつかは出ていく身だし、今だって充分すぎるほど長居している。

いつの間にか長嶺は自分とずっと一緒にいてくれるような気になっていたが、そんなわけはない。それに、もしかしたら初音のことを恋人とか婚約者だといって紹介され、結婚すると言われるかもしれなかった。

そんなことを想像していると、どんどん悲しくなってしまう。

「うえ…ええ…ん……」

涙がポロポロと零れ、立っていられなくなってズルズルと座り込む。涙を止めたいのだがどうにもならなくて、壁に凭れかかったままエグエグ泣いた。

長嶺は大人の男性で、誰よりも格好良くて、寛大で優しい人だ。だからモテるだろうし、年齢的にいつ結婚してもおかしくない。

「そ、そんなの嫌だ…あうぅぅ」

涙が止まらないし、止める気もない。こんなところで…と思わないでもなかったが、今はそれどころではなかった。

　真白が一人で泣いていると、頭の上から声がかけられる。

「ねぇ、キミ、なんで泣いてるの？　悲しいことでもあった？」

「……………」

　驚いて顔を上げてみれば、スーツを着たサラリーマンらしき男がいる。年の頃は三十歳くらいだが、どことといって特徴のない普通の男だ。

「そんなところで泣いていると、補導されちゃうよ。この界隈を未成年者がうろつくのはあまりいいことじゃないからね」

「……？」

　また未成年者に間違われていると気がついた真白は顔をしかめ、それから「この界隈」ってなんのことだろうと首を傾げる。

「さぁ、立って。そんなところに座っていると体が冷えちゃうよ」

　腕を引っ張られて立たされた真白に、男はなおもペラペラと喋り続ける。

「なんにしても、通行人に見られるのは嫌だろう？　このあたりにはホテルがたくさんあるから、まずはそこに入ろうか。大丈夫、俺が悩みを聞いてあげるからね」

「え、ホテル？」

　キョロリと辺りを見回してみれば、怪しげなホテルがたくさんある。

休憩がいくらと値段の書いてある看板がいくつもあって、どうやらここはラブホテル街のようだった。

「え？　え？」

いつの間にこんなところに紛れ込んだのだろうと思ったが、何も考えずに歩いていたから自分がどこにいるかも分からない。

ラブホテル街など来たこともないし、自分の居場所の見当もつかなかった。

しかしここがラブホテル街なら、男が「この界隈を未成年がうろつくのはまずい」と言った理由も分かる。真白は未成年ではないが、確かに補導員に声をかけられそうな場所だ。

とにかくここから離れなければと踵を返しかけた真白の腕を、男ががっちりと掴んだまま言う。

「悩みがあるんだろう？　俺が聞いてあげる。人に話すと、それだけでスッキリするものだからね。落ち着いてキミの話を聞くためにも、そこのホテルに入ろうね」

「は？　い、いえ、結構です。悩みなんてありませんから」

「そんなウソをついて。そこでシクシク泣いていたじゃないか。まだ涙の跡が残っているよ」

「………」

泣き顔を見られているのだから言い訳はできないが、それと赤の他人に悩みを打ち明けるのはまったくの別問題だ。

しかもラブホテルでだなんて、怪しくて仕方ない。

「と、とにかく、大丈夫ですから」

「とても大丈夫には見えないよ。そういうときは、人の厚意を素直に受けるものだ。そのほうがキミのためだよ。さぁ、行こう」

真白の腕を引っ張ってホテルのほうに引きずろうとする男に、真白は必死になって抵抗する。

「や、やめてくださいっ」

「遠慮しないで。大丈夫、ホテル代なら俺が出すよ。ね？」

安心させるようににこやかな笑みを浮かべながらも、男はグイグイと真白を引っ張っていこうとする。

行こう、嫌だという押し問答をする二人を通行人がチラリと見たが、真白を助けようとしてくれる人間はいなかった。

大声で助けを求めたほうがいいかもしれないと思っても、それを実行に移すのはなかなか難しい。本当に未成年の子供ならともかく、真白は成人しているのである。

けれど体はズルズルと引っ張られ、もうすぐそこにラブホテルの扉が近づいていた。

これはさすがに危ないと悟った真白は、覚悟を決めて大声を上げようとする。もう、恥ずかしいなどと言っていられる状況ではなかった。

助けてくれと言うために大きく息を吸い込んだ瞬間、声がかかる。

「真白くん‼」

聞き慣れた…だが、初めて聞く長嶺の切迫した声だ。

まさかと思いながら声のした方を見た真白は、そこに長嶺を見つけた。

「な、長嶺さん……？」

どうしてここに…と聞く間もなく長嶺は駆け寄ってきて、真白の腕を掴んでいる男の手をバシッと叩き落とす。

「何をするんだ！」

「それはこちらのセリフだ。この子を、どこに連れ込もうとしていた？」

「そ、それは…気分が悪そうだったから、休ませてあげようと……」

「ラブホテルで？　この子は、嫌がっているように見えたが。それに、こういうことをするのに慣れているようにも見えた。いつもこんなことをしているのか？　男の子が好きな人種なら、余罪がありそうだな」

「し、失礼だなっ。俺は純粋にその子を心配しただけだ！」

「それなら、警察に行っても問題はないな」

「け、警察⁉」

「似たような被害届が出されていないか、調べてみたい。後ろ暗いところがないなら、問題ないだろう？」

「そんな面倒事はごめんだ。俺は仕事中だし、会社に戻らないと」

そう言って慌てて逃げ出そうとする男の顔を長嶺が携帯電話のカメラで撮ると、男は目に見えて動揺した。

「なんてことを！　俺は、撮っていいなんて言ってないぞ。消せ！　消せよ、こいつ‼」

携帯電話を奪い取ろうとする男を長嶺は軽くいなし、ニヤリと笑う。

「その様子を見るかぎり、ますます怪しいな。余罪があるなら大変だぞ。勤め先の社章がスーツについているから、身元はすぐに分かる」

「……くっ」

男は目を吊り上げ、今度は携帯電話ではなく長嶺自身に向かって飛びかかった。

殴ろうと振り上げた男の拳を長嶺は避け、二度三度と殴ってこようとするのもあっさりと避ける。そして四度目に避けたとき、男の足を払って転ばせた。

勢いあまって強かに地面に体を打ちつけた男の腕を取り、捻り上げる。

「いっ！　いたっ、痛い痛い‼」

「うるさい」

「痛いって言ってんだろ！　離せよっ」

「……口を開くな」

「ぐあっ」

OTEL

長嶺は手刀を男の首に決め、男を気絶させる。

「これで静かになったな」

「――――」

真白は呆然としたまま一連の出来事を眺めていた。

困っていたところを助けてくれた長嶺は颯爽《さっそう》としていて、女の子が夢見るヒーローそのものだ。いともあっさりと男を打ち負かしたことといい、本当にカッコいい。

それに何よりも、長嶺は初音を置いて真白のあとを追ってきてくれたのである。そのことがとても嬉しかった。

けれど、そんな自分に気づいて落ち込んだりもする。

真白が逃げ出してしまったせいで初音はカフェに置き去りにされたのに、真白はそれを喜んでいるのだ。

「真白くん、大丈夫ですか？　何もされていませんね？」

「あ……」

震える真白を長嶺は腕の中に抱きしめ、乱れた髪を指で優しく梳《す》く。

「キミみたいな可愛い子は、こんなところに来てはいけませんよ、見た目に普通でも、危ない人間はたくさんいるんですから」

「ごめんなさい……」

「怖かったですか？」

「……っはい」

　あのままホテルに連れていかれたら、どんな目に遭ったか分からない。男は真白を未成年者だと思っていたのに、力ずくでラブホテルに連れ込もうとしたのだ。

　真白は改めて思い返してブルリと震え、長嶺にしがみつきたかったが、それはできなかった。先ほどの初音との仲良さそうな様子が、真白の心にブレーキをかける。これまでのように無邪気に甘えるというわけにはいかなかった。

　だから真白は長嶺に慰めてもらいたくてもそうはいかなくて、一人でグッとこらえるしかない。

「あの、この人は……」

「そのうちに気がつきますよ。さぁ、こんなところに長居は無用です。とんだ邪魔が入って、真白くんも落ち着かないでしょう。今日は帰りましょうか」

「…………」

「さぁ、真白くん、家に帰りましょう」

「…………」

　長嶺はいつもと変わらぬ優しい目で真白を見つめ、手を取って大通りへと誘導する。そしてタクシーを拾うと、目的地を告げて乗り込んだ。

「――」

「――」

タクシーに乗っている間も、真白はうまく言葉にできなくて沈黙が続く。いつもはいろいろ話しかけてくれる長嶺も、一言も喋らなかったからなおさらだ。

長嶺に手を取られて彼の部屋に戻り、ソファーに座るとホッと吐息が漏れた。馴染んだ、安心できる空間に帰ってきたところで気が緩んだらしい。

「……泣いていたんですね」

長嶺は真白の目元に手をやり、ソッと指先で触れる。

おそらくまだ目も赤くなったままだろうから、否定しても無駄だ。

真白は長嶺から視線を外し、俯いた。

「あ。あの…上條さんって、長嶺さんの恋人…ですか……?」

「やきもちを焼いてほしいとは思いましたが、泣かせたいわけではなかったんですよ?」

「……?」

真白には、長嶺の言葉の意味がよく分からない。

思わず顔を上げて首を傾げると、長嶺は微笑んでいた。

「初音は、従妹《いとこ》です。長い付き合いというのは、そういう意味でですね」

「従妹……」

「そうです、従妹。彼女は物怖じしない、なかなか勇ましい子だったので、それなりに可愛がってきた人ですが、従妹以上には思っていませんよ」

「………」

その言葉に真白は心の中の不安が一気に霧散するのを感じた。長嶺は真正面から真白の目を見つめて熱っぽく言う。

「私は、真白くんが好きなんです。ただの同居ではなく、同棲に発展できたら嬉しいと思っています」

「どうせい…同棲……？　ええっと、それって……」

「私の恋人になってくれませんか？」

「………」

真白は驚きのあまり目を丸くし、口をポカンと開ける。なんとも間抜けで愛らしい表情である。

長嶺はそれに口元を緩め、「可愛い」と言って頬を撫でた。

「恋…人……？」

「そう、恋人です。私は、真白くんに恋人になってほしいんです。真白くんのことを愛しています」

「あ、い……」

ようやく長嶺の言葉が頭と心に浸透してくると、真白は反射的に嬉しいと思う。

だがすぐに怖いという気持ちも湧き起こり、素直に長嶺の胸に飛び込むことを躊躇してしまった。

長嶺と初音は見た目にお似合いのカップルだったが、性別が男なうえに子供っぽく見られる自分では、長嶺につりあわないと思ったのである。

「真白くん、返事は?」

「あの…嬉しい……。すごく…すごく嬉しいけど、長嶺さんは大人の男の人で…すごくハンサムだし、優しいし、完璧な人なのに……。ボクなんか子供っぽいから、つりあわない」

「つりあうとかつりあわないではなく…真白くんは、私のことが好きですか?」

「す、好き……」

「それは、恋愛感情として?　私は、真白くんとセックスをしたいと思っています。真白くんは、抱かれてもいいくらいの好きですか?」

露骨な問いかけに、真白はカーッと赤くなる。真白とて年相応にセックスには興味があり、男同士でもできることは知っている。

けれど自分が長嶺に抱かれると想像すると、どうにも恥ずかしくて目を合わせられなかった。

「あ…う……」

真白は真っ赤になったままあちこちに視線を逸らし、それから長嶺を見つめてコクリと頷く。

「な、長嶺さんのこと、好き…だから……」

「抱かれるのも嫌じゃない？」

「嫌、じゃない……。嫌じゃないけど…で、でも、あの、そういうことをするの、ボク一人だけにしてくれる？　女の人みたいにやわらかくないし、胸もないし、つまらないかもしれないけど…他の人とそういうことされるの、すごく嫌だ。それだけじゃなくて、他の人とあんまり仲良くされるのも嫌…だな……。あの…初音さんとか…ボク、わがままかも。ごめんなさい」

　シュンとする真白に、長嶺はクスリと笑って言う。

「私にとって特別なのは、真白くんだけですよ。今まで付き合った人がいないと言えばウソになりますが、誰かを愛おしいと思ったのは真白くんが初めてです。可愛くて、愛おしくて、好きでたまらなくて…本当は家に閉じ込めておきたいくらいです。真白くんのことだけが好きなんですよ」

「ボクだけ？　本当に？」

「真白くんしか、愛していません。それにさっきも言ったように初音はあくまでも従妹ですし、もう結婚しています。だから真白くんは、やきもちを焼く必要なんてないんですよ。私の気持ちはすべて真白くんに捧げると誓います」

「本当に？」

「はい。こんな誓いを立てるのは、初めてです。真白くんは、私のことを信じられますか？」

その問いに真白は長嶺の目をジッと見つめ、コクリと頷く。

「長嶺さんは、ずっと優しくて誠実だったから。大人の男の人で、すごく女性にもモテるだろうから不安になるかもしれませんけど……」

「不安になることがあったら、すぐに言ってください。真白くんには、絶対にウソはつきません」

「長嶺さん…好き……」

「私も真白くんが好きですよ」

「大好き」

「私は、もっと大好きです」

そう言って、長嶺は真白にキスをした。

ソッと触れては離れ、また触れる。

少しずつ触れている時間を長くして、やがてはしっとりとした恋人同士のキスへと変わっていった。

「——抱いても、いいですか？　真白くんが好きになってくれるまではと我慢していましたが、実は一目惚れだったんです」

「ひ、一目惚れって…じゃあ、パーティーで？」

「ええ。大人ばかりのパーティーで居心地悪そうにしていた真白くんが可愛くて、目を奪われました。あのオーダーメイドのスーツはよく似合っていましたね。自分で選んだのですか?」

「まさか！　生地一つ取っても何十種類もあるし、微妙な色の違いとか、もうわけが分からなくて。結局、お父さんとテーラーの人が、ボクの見た目と肌色で全部選んでくれました。シャツの襟の形はどれが好みだとか聞かれても、全然分からないんですよ」

「最初のスーツは、そんなものですよ。大学の入学式はどうしたんですか?」

「おじいちゃんたちがプレゼントしてくれました。一緒にデパートに行って、洋食屋さんでお子様じゃなくて、大人様ランチ食べて」

オムライスにハンバーグ、海老フライと、真白の好物ばかりのプレートだ。久しぶりの祖父母たちとのお出かけは楽しく、昔懐かしい感じのアイスクリームをニコニコしながら食べた記憶がある。

「真白くんは、愛されていますね」

「はいっ。そう思います。でも、ボクもおじいちゃんたち、大好きですよ。今は隠居して伊豆《いず》に引っ越しちゃったから、あんまり会えませんけど。お母さんのほうのおじいちゃんたちは北《ほっ》海道《かいどう》だから、もっと遠いし」

ちょっと寂しいですと言って、真白は長嶺にペタリと張りつく。

「真白くんは甘えん坊ですね」

そう長嶺は笑って、真白を腕の中に掬《すく》い上げる。そしてベッドへと運んだ。

「………」

いよいよなのかと、真白の全身に緊張が走る。

「そんなに硬くならないでください。何も、怖いことはありませんよ。私が真白くんに痛い思いをさせると思いますか？」

その問いに、真白は顔を強張らせたままプルプルと首を横に振った。

「そうでしょう？　痛いことはしないと、約束します。それどころか、トロトロにとろけさせて、気持ちよくしてあげますよ」

「………」

ニコリと笑うその顔が妙に怖く見えて、真白はブルリと震える。理屈ではなく、本能が恐怖を覚えていた。

けれどそれは、背筋に甘いものが走る類のものだ。真白にとっては馴染みのないもので、それゆえに怖く感じられるが、嬉しくもある。

「あの………」

「大丈夫、私に身を委ねてください」

「………」

ニッコリと微笑まれて真白は覚悟を決め、コクリと頷いた。

この日、真白が着ていたのは、長嶺が買ってくれたアイボリーの大きめのセーターに、ジーンズだ。

「自分が贈った服を脱がせるのは楽しいものです」

そんなことを言いながらセーターを脱がせ、ジーンズを下ろされる。それに服だけでなく下着や靴下も脱がされて、全裸にされてしまった。

思わず身を縮める真白の体を長嶺はジッと見つめ、足のラインを指でなぞりながらホウッと吐息を漏らす。

「どこもかしこも白くて、小さい…なにやら、悪いことをしている気持ちになります」

「や、やめる……？」

真白がビクビクしながらそう聞くと、長嶺は実にいい笑顔を向ける。

「まさか。小さくて、可愛くて…ずっと食べたいと思っていたんです。恋人になった今、遠慮はしませんよ。それに。先延ばしにしても真白くんがビクビクするだけでしょうし。……それも可愛いかな？」

「………」

いつだったか八尋が、長嶺のことをサドッ気があると言っていた。帝人の師だけあって曲者だし、ドS師弟だと顔をしかめていたのである。

真白にはひたすら甘くて優しい長嶺だったからピンと来なかったのだが、今は少しだけ理解できるような気がした。

「そんなに可愛い表情をされると困りますね。大丈夫、ちょっと意地悪はするかもしれませんが、苛めたりはしないので安心してください」

「……?」

それっていったいどこがどう違うのかと、真白は首を傾げる。

「その二つの違いは、愛ですかね？　私は真白くんを愛しているので、小さな意地悪はしても苛めたりはしないんですよ」

やっぱり違いが分からない真白に、長嶺はキスをしながらクスクスと笑う。

「真白くんは理解できなくていいんです。私たちは、人としての属性が違いますからね。真白くんは、誰かに意地悪したいなんて思ったことないでしょう？　そんなふうに理解できない真白くんだからこそ愛おしいんですよ」

「可愛い」と「愛している」を繰り返し囁きながら長峰は真白の体に触れ、緊張が解れていくのにつれ触れ方を変えていく。

ただ触れるだけから、肌の感触や反応を楽しんで撫で回し始めた。

その変化に伴い、真白も体の芯が熱くなっていくような感覚を覚え、どうにも落ち着かずムズムズした。

長嶺は決して焦らない。あくまでも真白を怯えさせないよう、反応を確かめながら快感を高めていった。

「ふぅ…あ……」

気がつけば真白の全身が薄ピンクに色づき、足の付け根のものはピンと可愛らしく立ち上がって存在を主張している。

トロリと零れ落ちた雫を長嶺の指が掬い、全身にキスと愛撫の手を這わせながら双丘の奥にある蕾へと塗り込んだ。

真白はもう、わけが分からない。

首筋や胸を舐められ、吸われ、そのくせ肝心の場所には触ってもらえない。思わず腰が揺らめくが、長嶺の手は性器をソッと撫でるだけですぐに他へと移ってしまう。

「も、もぉ、やぁ」

「真白くん、可愛いですよ」

そんなことを言いながら真白の体を反転させ、グイッと腰を持ち上げる。

「な、何……？」

「ここで、私を受け入れるんです。そのためにも、しっかり解さないと。真白くん、お尻を突き出してもらえますか？」

「うっ……」

「ちゃんと解さないと、痛い思いをしてしまいますよ？」

「ううっ……」

傷つけたくないからお願いしますという長嶺の言葉で、真白は恥ずかしさをこらえて尻を長嶺に向ける。

　思わず逃げたくなるのを後ろから押さえつけられ、双丘をグイッと掻き分けて熱いものが触れてきた。

「ひっ」

「動いちゃダメですよ」

　そんなことを言いながらフウッと息を吹きかけ、舌でペロリと舐める。逃げを打つ体を押さえつけ、丹念に舐め回しては舌先でツンツンと入口を突く。

　ソッと中に潜り込んできたときには前をいじられていて、真白はそちらに気を取られてあまり認識できていなかった。

　中でズルリと動いて、初めて舌が入り込んでいることに気がつく。

「いやあぁ、ぁ……」

　真白はその異様な感覚に必死でやめてくれと訴えるが、長嶺は聞いてくれない。真白を傷つけるわけにはいかないという名目の下、幾度となく唾液を送り込んでは舌や指を使って入口をやわらかくしていった。

　さんざん鳴かされたあと、長嶺がいったん離れたことで真白の体はクタリと脱力する。ベッドの上で喘いでいると、再び腰を持ち上げられてしまった。

「初めてのときは、後ろからのほうが楽だと思うので。真白くんの顔が見られないのは残念ですが」

「は、ぁ……」

真白はもう息も絶え絶えで、返事をすることもできない。予告どおり、長嶺によってトロトロにとろけさせられていた。

指ではない大きなものがグッと入り込んできても、体に力が入らないから素直に受け入れようとする。

執拗に指と舌とで解された秘肛は、かすかに慄《おのの》きながらも長嶺のものをゆっくりと呑み込んでいった。

たっぷりと送り込まれた唾液が潤滑剤の役目を果たし、圧迫感と違和感は大きいものの痛みは感じない。

けれどやはりその大きさは真白の許容範囲を超えていて、灼熱の塊に体の内側から焼き尽くされてしまうのではないかと怖くなった。

「最後まで入りましたよ。痛いですか？」

「やっ…熱ぃ……」

「真白くんは、ちゃんと受け入れてくれていますよ。ですが、このままではかわいそうなので、意識を気持ちいいほうに持っていきましょうね」

そう言うと、長嶺の手が前に回ってきて真白の萎えてしまったものを掴む。そしてゆっくりと扱き始めた。

「やぁ、っ」

「慣れれば後ろだけでも感じるようになると聞きますが、最初からそれは難しいでしょうから。――ああ、そんなに締めつけて…気持ちいいですか?」

「ちがっ…違うぅ…あ、あっ」

真白のものをいじりながら長嶺が腰を使い始めると、意図せず甘い声が上がる。

もうずいぶんと前から真白のものは射精したがっていたのに、そのたびにはぐらかされているから限界寸前だ。

苦しいのは快感を堰《せ》き止められているからなのか、それとも長嶺の大きなものが出し入れされているからなのかも分からなくなる。

理性も感覚もグチャグチャで、自分が感じている快感は前で得ているのか後ろで得ているのかも分からなかった。

前を扱かれ、体の中をこすられて、真白はガクガクと足を震わせる。

ハッハッと真白の呼吸は荒く、腰は長嶺の抽挿に合わせて無意識のうちに動いていた。

とっくの昔に自らを支える力は失い、長嶺に腰を掴んでいてもらわなければ崩れ落ちているところだった。

「も…う、もう……！」

「まだですよ。もう少しがんばって」

「うや、んっ」

真白が懇願しても、長嶺は終わらせてくれない。それどころかより深いところを突かれ、妙な声が出てしまう。

ずいぶんと長いこと揺さぶられ続け、どんどん動きが大きくなっていく。

最後に大きく突かれて体内の奥深い部分に欲望を叩きつけられ、同時に前を強く扱かれたことで自身も射精を果たす。

「あ——っ……‼」

その瞬間の声は、高く、あとを引いて発せられた。

長嶺のものがズルリと引き抜かれる感触に、真白の体が反射的に強張って引き止める形となる。

「ふふっ…私としても名残惜しいですが、今日は二回目はやめておきましょう。真白くん、よくがんばりましたね。気持ちよかったですか？」

「ふぁ…は、い……」

まだ息は上がったまま、頭も快楽の余韻で霞がかかっているような状態だったが、長嶺の声は真白に届いている。

事が終わったあとも、大切で仕方ないとばかり長嶺の腕が真白の体を包み込んでいるのが嬉しかった。

長嶺は何度も何度も真白の首筋に口付け、耳朶《みみたぶ》を唇で食みながら甘く囁く。

「慣れたら、もっとたくさんしましょうね」

「う……」

その言葉に、真白は答えを逡巡《しゅんじゅん》する。

怖くて、苦しくて、でもそれ以上に気持ちよくて…なんだかいろいろ意地悪をされたような気もする。

男同士のセックスというものは真白がぼんやりと思い描いていたものとは違ったが、強い快感をもらったのは確かだ。

でも、とてもとても恥ずかしかった。なんとなく考えていた百倍くらいの激しい羞恥を感じさせられた。

「あう……」

グルグルとそんなことを考えて少しばかり迷ったあと、真白は顔を真っ赤にしながらも、コクリと頷くのだった。

★　★　★

互いの想いを確かめ合い、体を繋げてからの二人の生活は、まさしく新婚というのにふさわしいものだった。

おはようのキスから始まって、朝食を作る真白と新聞数紙を読む長嶺。日本の大手新聞に経済新聞、英語のものも二紙ある。これらを読むことも、長嶺の仕事のうちだ。

一緒に朝食を摂ったあとは、長嶺が一足先に家を出る。もちろん、いってきますのキスをしてからである。

それに長嶺が帰ってきたらおかえりなさいのキス、目が合えばキス、目が合わなくてもキス……という甘々の日々だった。

もちろん、体も繋げている。

毎日だとさすがに真白がきついので、体調を見ながらではあるが、回数を重ねるに連れて少しずつ行為自体に慣れていった。

真白は自分の家にも、ときおり戻っている。

両親が心配するから安心させるために顔を出す必要があるし、母の得意料理のレシピも教えてもらいたいからだ。

母は真白に家事ができるようになったことに驚き、しみじみと大人っぽくなってきたわねと言った。

帝人と長嶺は、社長とその秘書として一緒に行動することが多いため、帰宅時間も大体同じだ。

以前は気軽な身の長嶺が進んで残業をしていたようだが、今は一刻も早く真白のところに戻りたいので部下たちに仕事を押しつけているらしい。

車の中でも帝人と仕事をしながら帰宅するが、特別なとき以外は夜の八時頃になることが多く、それまで真白は八尋のところで料理を教わっている。

もう掃除と洗濯は卒業したので、最近では二人でインターネットの料理サイトを見ながら美味しそうなものを見つけて作るのが楽しい。

それに、今まで八尋は菓子の類は作っていなかったのだが、真白のリクエストで一緒に作るようになった。

それで料理には感覚的なものが重要だが、菓子は分量をきちんと量って手順どおりにやれば美味しいものができると知る。

長嶺が、わりと甘いものを好むから、真白としても作りがいがある。

この日はチョコチップ入りのクッキーを作ってみたが、なかなかの出来だった。

そのあとはいつもどおり八尋とせっせと夕食作りをし、帰宅してきた長嶺と二人で和やかな夕食だ。

二人きりの時間は、まったりとしたものである。夕食のあとはコーヒーを飲み、ソファーに座ってテレビを見る。

だが真白はソファーではなく、長嶺の膝の上にチョコンと座っていた。

テレビに流れているのは英語のニュースで、当然長嶺の選択だ。真白が見たい番組は録画しておいて、長嶺が仕事で不在の間に見るようにしている。

長嶺は気にしないで好きなチャンネルに替えていいと言ってくれるのだが、真白が好きなのはお笑い系のバラエティ番組ばかりだから、長嶺に知られるのが恥ずかしいのだ。

でもやっぱり好きなものは好きだから、彼のいないときに一人で見てケラケラと笑っていた。

長嶺と一緒にいるときは、テレビに集中するより長嶺にくっついていたい。

忙しくて週末も潰れてしまうことがある長嶺だから、こうして二人でいられる時間は大切だった。

「……真白くん、上のフロアにもう少し広い2ＬＤＫの部屋が空きますから、そちらに移りましょうか？」

「え？　どうして？」

「私が仕事を持ち込むことも多いので、落ち着いて眠れないかと思って。やはり、人の気配は気になるでしょう？　それに、衝立があっても光は漏れますし。寝室が別にあれば、ゆっくり眠れますよ」

今はたまにしかないが、長嶺は深夜まで書類仕事をしているときがある。十二時を過ぎるとたんに眠くなる真白は我慢できずに先にベッドに入るのだ。

「んーん…でもボク、長嶺さんの気配ならあったほうが安心して眠れるかも。……というか、実際に寝てるし。書類をめくる音とか聞きながら眠りに入るのも好きだし」

「そうなんですか？」

「はい。あ～書類めくってるな～とか、なんか書き物してるな～とか長嶺さんがそばにいるんだと思えるの、嬉しいものですよ。だから、一人で寝室に行くのは寂しいかも」

「それならいいんですけど。よく眠れていなかったらかわいそうだと思ったので」

「大丈夫、ぐっすりだから」

まだ恋人になって一週間というところだから、真白からは敬語が入ったり抜けたりする。長嶺のほうはもうこれが普通だからと話し方を変えることはなかったが、真白にはもっと遠慮なく話してほしいらしい。

「ところで真白くん、私のことは名前で呼ぶ約束では？」

「うっ…だって、ずっと長嶺さんって呼んできたし、なんか…は、恥ずかしいっていうか、照れるっていうか……」

「では、恥ずかしくならなくなるまで練習しましょうか。言ってみてください。さぁ」

「ううっ…し、し、秀司、さん」

顔を真っ赤にして声を上ずらせる真白の頭をよしよしと撫で、長嶺はさらに言う。

「よくできました。けど、すごい緊張感ですねぇ。じゃあ、もう一回」

「も、もう一回？」

「たくさん言わないと、慣れないでしょう？」

「そうだけど…恥ずかしいって言ってるのにぃ」

「そこが可愛くていいんですよ。何回でも聞きたいですし、見ていたいです」

「意地悪だ……」

真白はひどいと言っているつもりだが、長嶺の胸に頭を押しつけてグリグリしているのでは非難にならない。

真白にとっては抗議と攻撃のつもりでも、長嶺には可愛くしか見えなかった。

長嶺はテーブルの上のクッキーを一つ取り、真白の口の中に放り込む。そして自分でも一枚食べた。

「うん、美味しい。真白くんの作るクッキーは、店で買うのより美味しいですね」

「それは言いすぎですよ～。なが…じゃなくて、秀司さん、ボクに甘いから」

「ですが、実際に美味しく感じますよ？」

「それは、こ…恋人の欲目だと思うなぁ。自分でも美味しいとは思うけど、売ってるやつよりとは言えないですもん。ほら、プロのってサクサクで、さすがの美味しさだから」

「私には、こちらのほうが美味しく感じるんですけどねぇ」

本当に不思議そうに首を傾げる長嶺に、真白はクスクスと笑う。

そんなふうにして仲良くしていると、ピンポンとインターホンの音がする。

「おや、来客のようですね。珍しい…携帯電話には何も連絡が入っていませんが……」

長嶺は首を傾げながら膝の上の真白を横へと移し、インターホンで応対する。「お通しして、部屋番号を教えてあげてください」と言っているから、たまに訪れる第二、第三の秘書ではないらしいと分かった。

誰かな〜と思いながらも真白はセーターの裾を引っ張り、きちんと座り直した。

ここは長嶺の部屋だから自分には関係のない客だと分かっていても、ここに来る以上顔を合わせることになるはずだからだ。

飲み物の用意をしたほうがいいのだろうかとか、その場合はコーヒーか紅茶、日本茶のどれにすればいいのかと考える。

しかし玄関先で書類だけを渡して帰ることもあるため、飲み物が必要なら長嶺が言ってくれるはずだった。

何も言わずに玄関に行ってしまったから、飲み物の用意はいらないんだろうと判断して、真白は英語のニュースを見ていた。

玄関先のチャイムが鳴らされ、ガチャリと扉を開ける音が聞こえてくる。

「――どういうつもりなんだ！　なぜ、ライバル企業の人間であるキミが、うちの息子を⁉　うちの会社の情報を盗むつもりなのか？　それとも真白を懐かせて恩を売り、人質代わりにでもするつもりか⁉」

玄関先での怒号は、リビングにいる真白のところまで届く。そしてその声の持ち主が、自分の父だということに気がついた。

「ええっ、お父さん？　なんで、ここが……」

真白はソファーから立ち上がり、オロオロする。

ガーガーと喚いている父を宥める長嶺の声も聞こえ、ドスドスという怒りに任せた足音が近づいてくる。

「真白！」

目が合って、真白はヘニャリと情けない顔で愛想笑いを浮かべる。

「えっと…お父さん、久しぶり〜。なんでここが分かったの？」

真白が長嶺のところでお世話になっているのは、帝人と八尋以外には大学の友人たちにも言っていない。説明するのが難しいからだ。当然、高校のときの友人にだって言っていないし、いったいどうやって知ったのかと不思議だった。

「お前が言おうとしないから、興信所に調べさせたんだ。連絡は取れるし、たまに家に戻っているとはいっても、どこに泊まっているのか分からないのでは心配だからな。そうしたら、案の定だ。よりによって、ライバル企業の人間のところとは‼」

「相良さん、落ち着いてください。厳密には、ライバルとはなりえませんから。相良さんのところは和食と洋食のファミレスチェーン、うちはフレンチテイストを取り入れたイタリアンを展開していく予定です。客層は重なっても、方向性が違いますから」

「フレンチを取り入れたイタリアン？」

「はい。うちの得意分野ですからね。それに、今から和食と洋食のファミレスに切り込んでいくのは大変なので」

「それなら…確かに、厳密にはライバルではないのかもしれない」

「多少、メニューのかぶりはあるでしょうが、企業機密を盗むためにご子息に取り入るほどのものではありませんよ。そもそもご子息は、機密なんて何一つご存知ありませんし」

「それは、確かに」

「真白くんは私に懐いてくれていますが、だからといって真白くんを人質にして要求を呑ませるというのは難しいですね」

「むむっ」

自分の懸念を一つずつ否定され、激高していた真白の父も少し落ち着いてきたらしい。

真白はそのことにホッとし、「コーヒー淹れるね」と言ってキッチンへと向かった。

ついでに自分たちの空になったカップも持っていって、三人分を丁寧に淹れる。

「はい、コーヒー。飲んで、落ち着いて」

「……そうだな」

父は小さく息を吐き出し、コーヒーを飲んでおやっという顔をした。

長嶺はそんな父に、菓子皿に盛ったクッキーを勧める。

「どうぞ。これは、真白くんが作ったクッキーなんですよ」

「真白が？」

驚いた顔で自分を見る父に、真白はプウッと頬を膨らませる。

「料理に目覚めたって言ったじゃん。面白いよね、料理って。今度、ケーキにも挑戦してみようと思ってるんだ」

「目玉焼きひとつ作れなかったお前が……」

「ボクだって、成長するんだよ。でも、家にいると上げ膳据え膳で何もしないから、長嶺さんのところでお世話になるようになってからいろいろ覚え始めたんだけどさ。最近、お母さんにも料理を教わってるんだけど、聞いてない？」

「聞いているが…なんというか、今ひとつピンとこなかった。お前は不器用だからなぁ」

「みんなが言うほど不器用じゃないよ。それに八尋くんはボクがうまくできるようになるまで根気強く見守ってくれたし。最初の頃は、包丁を使うたびに『心臓が痛い』とか言われてたけどね。今は慣れたから、味付けまで任せてもらえるようになったんだよ」

すごいだろっと、真白は得意げにニコニコしている。

「クッキー、食べて食べて。さすがに市販のみたいにはいかないけど、手作りならではの素朴な感じが好きなんだ。あ、プリンはプロ並みにできるようになったから、今度家に持っていくね」

勧められるままチョコチップが入ったクッキーを手に取った真白の父は、口の中に放り込んでモグモグと咀嚼《そしゃく》する。

「むっ…これは旨いな。素朴だが、丁寧に作っているのが分かる。それにこのコーヒーも、いい豆をきちんと挽いている。本当に真白が？」

「そうだよ。お菓子は、ネットでレシピを調べて、料理の先生をしてくれる友達と一緒に作ってるんだ。コーヒーは長嶺さんに淹れ方を教わった」

「そうか……」

「そういえば、お父さんにはボクの料理、食べてもらったことなかったよね。ちょっと待ってて」

真白は夕食用に作って残っていた麻婆《マーボー》茄子《なす》を冷蔵庫の中から出し、電子レンジで温めて父の前に置く。

「食べてみて。八尋くんに教わりながら作ったから、ちゃんと美味しいよ」

真白の父は食のプロだから、真白は緊張しながら食べるのを見ていた。

「どう？　美味しいと思うんだけど。ボク、あんまり辛いの得意じゃないから、豆板醤《トウバンジャン》の量を少なくして、その代わりコクを出すために味噌を入れてみたんだ。変じゃないよね？」

「ああ、旨い。私はもっと辛いほうが好みだが、きちんと麻婆茄子として成り立っているし、これなら子供にも食べられるな。これを真白が……」

「基本は八尋くんに教わって、ちょっとしたアレンジを加えるのが面白いんだ。足したり引いたりで、味ってすごく変わるよね」

「真白がなぁ」

しみじみと麻婆茄子を見つめる父に、長嶺が言う。

「ご覧のとおり真白くんは料理に興味があるようですし、それはファミレスチェーンの社長令息としてはいいことなのでは？　私は鷹司社長の秘書として、社長業がどういうものか知っています。ですから、真白くんにはこのままここで、勉強してもらったらどうでしょう？」

「いや、しかし……」

「真白くんの料理の先生は鷹司社長の恋人で、真白くんも鷹司社長との交友が増えて、いろいろ刺激されているようですよ」

その言葉に、父は真白を見つめる。

「そうなのか？」

「うん。鷹司くん、学生と社長とですごく忙しい人なんだけど、たまに話をしてどんな仕事してるのか聞いてる。社長って大変なんだね。お父さんすごいって思ったよ」

「そ、そうか」

息子の賞賛に、父は照れてみせる。

強引でワンマンなところのある父ではあるが、愛妻によく似た面立ちの可愛らしい我が子を溺愛しているのである。

ゆえに、真白のお願いには弱い。

「ねえ、お父さん。ボク、もう少し長嶺さんのところにいたい。うちにいるとどうしてもお父さんとお母さんに甘えちゃうし、八尋くんや鷹司くんにもっといろいろ教えてもらいたいんだ」

「だが、お母さんが寂しがっているぞ」

「もっとしょっちゅう、家に戻るようにする。お願いだよ、お父さん」

「うっ……」

あと一押しで真白の父を説得できそうだと見てか、長嶺が加勢をする。

「真白くんが可愛いのはとても理解できますし、ご両親が慈しんで育ててこられたのも分かります。真白くんは本当に素直ないい子ですからね。けれど、ご両親の側で守られているだけでは、成長できないのではないでしょうか？」

「それは……」

「私は家事が何一つできない人間なので、真白くんが掃除や洗濯をしてくれるようになって、とても助かっています」

「あっ、言っておくけど、長嶺さんがやれって言ったんじゃないよ？　居候させてもらって申し訳ないな～と思って、ボクが自主的にやり始めたんだ。っていっても、全部八尋くんに教わりながらだったけど。八尋くんは上の階に住んでるから、行き来が楽なんだよね」

「料理の先生か」

「そう。同じ年だけど、魚も捌けるんだよ。生きてる蟹とか伊勢海老のときは、二人して悲鳴をあげちゃったけど。八尋くんも、生きてるのを捌くのはきついって言ってたなぁ。思わず、『ごめんなさい』って言っちゃうよね」

「真白、お前…魚まで捌けるようになったのか？」

「んー…まだ、八尋くんみたいにうまくできないかな。三枚に下ろすのが難しくて。骨に身がたくさんついちゃうんだよ。鷹司くんのお家の手配で漁港から直接送られてくる魚だから、切り身になってないんだよね。それに、生牡蠣四十個開けるのは大変だったなぁ。美味しかったけど」

　生のままと牡蠣フライ、それに焼き牡蠣にして食べた。食材が新鮮だと、あまり手をかけるのがもったいなく思えてしまう。

けれど真白がそんなことを言うのでさえ父にとっては驚きで、ほんの一月ほど離れているうちにずいぶん成長したものだと思っていた。

見た目の子供っぽさは変わらなくても、真白は気を利かせてコーヒーを淹れ、味見をしてくれと自分が作った料理を出したのである。しかも、魚まで捌けるようになったという。目を瞠るような変わりようだった。

「……なるほど…確かに真白にとって、家から離れるのはいい勉強になったらしい……」

「私もそうでしたが、やはり両親の家にいると甘えてしまいますから。家を離れて初めて見えるものもありますしね。最近は英字新聞や英語のニュースもご覧になっていますよ」

「むむっ」

「真白くんの成長のためにも、どうかこのままでお願いします。真白くんもそう希望していますから」

「そうなんだよ。お父さん、お願い。長嶺さんのところにいさせてっ」

大きな潤んだ目で縋りつくように見つめられて、父は白旗を揚げる。

「……分かった。もう少し、お世話になるといい。長嶺さん、この子をよろしくお願いします」

「畏まりました」

「お父さん、ありがとう‼」

父の了承をもらえた真白は、嬉しくて父に抱きつく。

「一応認めはしたが、なるべく早く戻ってきなさい。きちんと勉強して、長嶺さんに迷惑をかけるんじゃないぞ」

「うん、がんばる。今度、お母さんと一緒にお父さんの好きな治部煮《じぶに》を作って、八尋くんに教えるんだ。お母さんの治部煮、すごく美味しいから」

「そうか、そうか」

「八尋くんの料理って独学だから、意外と作ったことがない料理も多いんだって。それで鷹司くんが和食好きだから、八尋くんにお母さんを紹介するのもいいかなって。お母さん、和食が得意だし、美味しいから」

「そうだな。お母さんの料理は日本一だ」

「烏賊《いか》の肝和えとか、八尋くんも興味を持っててね。でも八尋くんって人見知りなところがあるんだ。だからしばらくは、ボクがお母さんに教わって、八尋くんに伝えようかなって思って」

「うんうん」

息子の他愛ないお喋りを、父は目尻を下げて楽しそうに聞いている。

両親に愛されて育ったのが誰の目にも分かる真白の素直さ、無邪気さは、とても可愛らしいものだ。一生懸命喋っている様子も愛らしい。

真白のお願い攻撃と長嶺の説得に負けてしまった真白の父だが、できることならこのまま連れ帰りたいと思っているのが明白な慈しみようである。

長嶺が仕事を終えて疲れて帰ってくると、真白が出迎えて嬉しそうにおかえりと言ってくれる。そして子犬のようにまとわりつき、小鳥のようにさえずるのだ。

そんな真白を見ているだけで疲れが取れ、リラックスできる。真白は長嶺にとって手放しがたい、とても大切な存在だった。

そしてそれはおそらく真白の父も同じで、離れて暮らすのはさぞかし寂しいだろうと察することができる。

けれど真白を手放す気がない長嶺は、首尾よくいったことに気をよくしてニコニコと親子の語らいを眺めているのだった。


小一時間ほど息子との逢瀬を楽しんだ父は、名残惜しそうに帰っていった。

真白はバイバイと手を振って父を見送り、ソファーへと戻る。もちろん、長嶺の膝の上である。

ハーッと大きく息を吐き出し、キラキラした目で長嶺を見た。

「長嶺さん、すごいっ。あの頑固なお父さんを丸め込めるなんて」

「真白くん、名前で呼んでください。それと、『丸め込んだ』ではなく、『説得した』と言ってほしいですね」

「丸め込んだじゃ、人聞きが悪いですもんね。でも、長嶺さん…じゃなくて、秀司さんの言葉を聞いてて、これが舌先三寸かとか、手八丁口八丁っていうやつかって、感動しました。意味は知ってても、実例を見る機会って少ないから」

「真白くん、真白くん、それもちょっと人聞きが悪いです。私がしたのは、あくまでも『説得』ですよ」

「そうかなぁ? なんだか、説得っていう言葉じゃ収まりきれないものを感じたんだけど」

「気のせいですね。それに私の説得よりも、真白くんのお願いのほうが効いた気がします。お父さんは、真白くんにとても弱いようですから」

「あれ欲しい、これ欲しいっていうワガママはダメなんですけど、本気のお願いはちゃんと聞いてくれるんです。お父さん、ああ見えて優しいから。……ああ、でも、長嶺さんのところにいるのがバレたのは怖かったけど、まだいられることになって嬉しいです。それに肩の荷が下りたっていうか、ホッとしたっていうか……。やっぱり、隠し事って大変」

家に戻るたびに母からは「お世話になっている人にご挨拶したい」と言われていたが、長嶺だとは言えなくて言葉を濁すしかなかった真白だ。一応とはいえ父に認められた今なら、堂々と言うことができる。

母に長嶺のことを話すときだって、「お世話になってる人が」とか、「家主さんが」という言い方をするしかなくて後ろめたかったのである。

「たぶん、お母さんがご挨拶に来たいって言うと思うんですけど、いいですか？」

「もちろん。私が休みの日か、平日でもその日は早く帰るように調整するから大丈夫ですよ。真白くんのプリンを食べさせてあげてください」

「はいっ」

真白は嬉しそうに頷き、長嶺にしがみつく。

「これからも一緒にいられるんですね。嬉しいっ」

「もう、真白くんがいない生活なんて、耐えられません。真白くんに『おかえり』って出迎えてもらうのが、私の心の支えなんですよ。それに、美味しい食事とお菓子と…温かなベッド…真白くんは私に幸せを運んでくれました」

「ボクは、秀司さんのために料理やお菓子を作ったりするのがすごく楽しいです。八尋くんとも仲良くなれたし。他の友達には付き合い悪いぞ～とか言われちゃったけど、恋人がいて忙しいのはみんな一緒だから。むしろ、今まで恋人がいないボクに、代わりばんこに付き合ってくれてたのかなってていう感じなんですけど」

「いい友人たちですね」

「はいっ。自慢の友達ばっかりです」

真白の友人は、父の面接を受けてパスした面々ばかりだ。息子をよろしくと父の経営するファミリーレストランの特別割引券をもらっているようだが、そんなものとは関係なく真白を心配し、見守ってくれている。

「ボクね、最近しみじみ恵まれてるな〜って思うんですよ。優しい両親と友達がいて、信じられないほど素敵な恋人まで…バチが当たらないか心配になります」

「真白くんのようないい子に、バチなんて当たるはずがありません。家族にさえ隙を見せない私が、唯一気を許せる相手ですからね」

「そうなんですか？」

「ええ。同じベッドで眠れるのは、真白くんだけです。同じ部屋でさえ、他の人間がいると眠りが浅くなってしまうのですが、真白くんを腕の中に抱えていると朝まで熟睡できます。一人で寝るよりもずっとリラックスできるんですよ」

「ボクも、秀司さんと一緒のほうがよく眠れます。一度、家に戻って泊まったことがあったじゃないですか？　あのとき、自分の部屋なのに寂しくて、ちゃんと暖房をつけてたはずなのに、妙に寒い気がしたんです。夜中に何度か目を覚ましちゃいました。それで、隣に秀司さんがいないのが違和感っていうか、すごく物足りなくて…結局、よく眠れなかったんですよね」

「私も同じです。たった一晩のことなのに、寂しくて仕方ありませんでした」

「秀司さん！」

嬉しいと、真白は長嶺に抱きついたままグリグリと頭をこすりつける。

長嶺との年の差や、長嶺が出来る男だということがともすれば真白に引け目を感じさせるのだが、長嶺に必要とされているのだと分かって嬉しかった。

「秀司さん、大好き……」

「私は、愛していますよ」

「ボクも」

真白は顔を上げ、長嶺にキスをする。

「ん――」

触れては離れ、また触れる…長嶺に最初に教わった優しいキスだ。

真白は長嶺にくっついているのが好きで、こうして触れ合っているだけのキスも大好きだった。

ベッドの中とは違う雰囲気で、長嶺を感じられる。

長嶺もクスクスと笑いながら真白の好きなようにさせてくれたから、二人きりの空間の中、思う存分甘いキスを堪能するのだった。

★　★　★

週末、二日とも完全に休みだという土曜日。

昼まで寝ていようということで昨夜ベッドで盛り上がってしまったため、ブランチは長嶺が用意することになった。

といっても、昨日のうちに真白が下ごしらえをしておいたラザニアをオーブンで焼き、レタスとトマトでサラダを作り、コーヒーを淹れるだけだ。

料理ができない長嶺でも難しくない作業ばかりである。

すべての準備を終えたところで、自分のパジャマの上衣だけを着せた真白を抱き上げてベッドからソファーへと移す。

行為に慣れてきた真白は、少々腰が痛いものの動けないほどではないのだが、甘やかされるのが嬉しくておとなしくしていた。

「わぁ、美味しそうに焼けてる」

「グラタンと同じ分数にしてみました。オーブンレンジというものは、本当に素晴らしいですね」

「……………」

この部屋の内装や家具は、すべてインテリアデザイナーが揃えたらしい。

長嶺は自分の好みだけ伝えて、あとは任せたと言っていた。だから冷蔵庫やオーブンなどの家電類もデザイナーが選んだもので、長嶺はろくに使っていなかったとのことだった。

「――いただきます。んっ、美味しい。ラザニア、大好き」

「真白くんの作る料理は、全部美味しいです。このラザニアも、私のには少し工夫がしてあるでしょう？」

「秀司さんは辛党だから、トマトソースに鷹の爪で辛味をつけてます。あと、ボクの苦手な香草の類を入れたり」

「おかげですごく好みの味になっています。舌に合わせたオーダーメイドのようなものだから、正直、うちの店のより美味しく感じますよ」

「本当に？　嬉しい」

真白と長嶺では好みに違いがあるから、二人とも美味しいと思える料理を作るのは難しい。なので真白は、取り分けたあとで少しずつ工夫を加えるようにしていた。

これは、母に教わったやり方である。

「……そういえば、ボク、たまに家に戻ってお母さんに料理を教わってるじゃないですか？　なんかね、さすがに家を出てから二カ月も経つと、お母さんの戻ってらっしゃい発言が多くなってきたんですよ」

「それは…困りましたね」

「そうなんです。前からあったっていえばあったんですけど、最近はこう…本気度が高いっていうか。今はボクもわりと料理ができるようになってきたし、しっかりしてきたみたいだから、そろそろ戻ってらっしゃいっていう感じで。料理ももっと教えてくれるからって。それに、いつまで他人様のところに転がり込んでるのって。いくら長嶺さんがいいって言ってくれても、迷惑でしょって。お母さん、ボクたちが恋人だって知らないから当然なんですけど」

「真白くんがいなくて、寂しいんでしょうね。気持ちはよく分かります。私も、真白くんがいなくなってしまったら、とても寂しいですから」

「それ、嬉しい…かも。ボクがいなくなったら、秀司さん、寂しい？」

「ええ、とてもとても寂しいです。だから、いなくなったりしないでくださいね」

「はいっ」

長嶺は甘えてくれたほうが嬉しいというから、真白は促されるまま素直に長嶺にくっつき、膝の上に乗る。

外ではさすがにできないが、家の中なら誰も見ていない。思う存分甘えていられるのが嬉しかった。

長嶺は忙しくて一緒にいられる時間が少ないので、二人きりのときはずっとくっついていたいというのが本当のところだ。

「ご両親には申し訳なく思いますが、私はもう真白くんを手放せません。なので、真白くんのご両親に、ご挨拶に伺いたいと思うのですが？」

「挨拶？」

「はい。真白くんをお嫁に欲しいと」

「よ、よ、嫁……」

「ああ、私としたことが、プロポーズがまだでしたね」

長嶺は真白を膝から下ろしてソファーに座らせ、その前に膝をつく。そして真白の手を握って目を見つめ、真剣な眼差しで言った。

「真白くんを愛しています。私の生涯の伴侶になっていただけませんか？」

「あ……」

「真白くんと生活をともにし、ゆくゆくは養子縁組という形で同じ姓になってもらいたいと思っています。一緒に年を取って、日本で同性婚が認められるようになったら、すぐに結婚しましょう」

「秀司さん……」

「指輪は、まだ用意していないんです。一緒に選んでもらえませんか？」

そんなことを言う長嶺の表情には珍しく不安の影が見え、真白は長嶺の手をギュッと握り返す。

喜びに目を潤ませながら、コクコクと頷いた。

「う、嬉しい…一緒に指輪、選びたいです」

「では、伴侶になっていただけるんですね？」

「はいっ。不束者《ふつつかもの》ですが、よろしくお願いします」

恋人から伴侶に昇格した瞬間である。

「でも、両親に挨拶って……」

真白は、自分が両親に愛されていることを知っている。小さい頃は病弱だっただけに、二人とも過保護なほど真白を案じ、大切に育ててくれた。

外見的な幼さもあっていまだに目が離せない子供だと思っている節があるから、長嶺の申し出が両親に大変な衝撃を与えるだろうことも分かっていた。

真白はまだ大学生で、しかも男同士…両親の祝福はまず望めない。

父に悪し様に罵られたらどうしようとか、母にだって拒絶されるかもしれないと考えたら、すごく怖くなった。

「いずれは本当のことを言わなくてはいけないと思っていました。すぐには許してもらえないかもしれませんが、根気強く話しましょう」

「……秀司さん、ひどいことを言われるかも。きっと、責められると思います」

真白のことを溺愛している両親なので、怒りは長嶺に向けられるだろう。長嶺は年上で大人の男性だから、真白のことをたぶらかしたと言われそうだった。

「構いませんよ。それだけのことをしたと思っています。真白くんを愛し、慈しんで育てたご両親から、真白くんを奪う悪人です」

「悪人だなんて…秀司さんはいい人です。だから、お父さんたちにひどいことを言われたら嫌

だなぁ」

「覚悟の上だから、大丈夫。心配しなくていいんですよ」

「でも……」

長嶺がひどく責められるのはつらいし、両親に冷たい目を向けられるかもしれないと思うと、尻込みしてしまう。

「何があっても、私が側にいます。それに、真白くんをとても愛しているご両親のことを信じましょう。最初は許してもらえなくても、諦めずにお願いすればきっといつかは認めてもらえますよ」

「は、はい……」

目を見つめ、真摯にそう言われ、真白はコクリと頷く。

「それでは…勇気がしぼむ前に当たって砕けるとしましょうか。真白くん、おうちに電話をして、今日伺ってもいいか聞いてみてください」

「ええっ、今日⁉」

「思い立ったが吉日といいますからね。私は、問題を先送りにするのが嫌いなんです」

「こ、心の準備が……」

「じゃあ来週…なんてことにしたら、真白くんはこれから一週間、胃が痛い思いをするだけでしょう。さっさとすませてしまったほうが心の負担になりませんよ」

「……………」

なるほど…と納得させられてしまう。

確かに時間を取れば取るだけ心にも体にも負担がかかりそうだった。

「……分かりました。電話します」

そう言って真白は携帯電話に手を伸ばし、家に連絡を入れる。

「──あ、もしもしお母さん？　あのさ、今日ってお父さんいる？　──あ、いるんだ。じゃあ、これから長嶺さんと一緒に行ってもいいかな？　話したいことがあるんだ」

約束を取りつけて通話を切り、ハーッと大きく息を吐き出す。

「もうひとがんばりです。さぁ、出かける支度をしましょうか」

「はーい……」

気が乗らないのが明白な様子で真白は頷き、ノロノロと動きだすのだった。

長嶺の車で自宅へとやってきた真白は、チャイムを鳴らして来訪を知らせる。そして待ち構えていた母によって応接室へと通された。

自分が育った家とはいえ、真白は応接室にはほとんど入ったことがない。子供は入室禁止の部屋だったし、何か面白いものがあるわけでもないので入る理由もなかった。

父はセーターにスラックスという格好で、デンと椅子に座って二人を出迎える。

「おかえり。真白、元気そうじゃないか」

「うん、まぁねー。三食ちゃんと食べてるから」

「さぁさ、二人とも座ってちょうだい」

「はーい」

「失礼します」

促されるまま二人は椅子に座り、少し落ち着いたところで長嶺が口を開く。

「突然訪問して、申し訳ございません。今日は、お二人に大切な話があります。よろしいですか？」

「ああ、もちろん。真白のことだろう？」

「はい」

長嶺は頷き、それから真白の両親に向かって深々と頭を下げた。

「私は真白くんを愛していますし、真白くんも私を愛していると言ってくれています。真白くんが私の伴侶になることを、お許しいただけませんでしょうか？」

「はっ⁉」

「ええっ？」

真白の両親は、びっくり仰天という表情だ。

てっきり真白を家に戻すという話だと思っていただけに、予想外もいいところだった。

「愛？　愛ってなんだ⁉　キミはいったい、何を言っているっ。伴侶って…キミも真白も男だぞっ‼」

真白の父がそう言うのも当然で、予測していた長嶺は真摯な目を真白の父へと向ける。

「男同士なので結婚という形式は取れませんが、伴侶として連れ添うことはできます。私は、真白くんを人生の伴侶として愛しています」

「ぬ…ぬけぬけと、なんという男だ！　真白が懐いて信用しているし、悪い評判がないから渋々預けていたというのに、真白をたぶらかしたんだな！」

「お父さん！　ボクはたぶらかされてなんてないよっ。秀司さんのことを好きになって、秀司さんもボクを好きになってくれただけなんだから」

「お前はまだ子供だ。悪い大人に騙《だま》されてるに決まっている」

「違う！　秀司さんはそんな人じゃないっ。親切で、優しくて、真面目な人だよ。ボクに、その…一目惚れだって言ってたけど、一緒に寝てたって手を出してこなかったんだから」

「何っ！　一緒に寝たというのはどういうことだ⁉　まさか、同じベッドで寝たということなのか⁉」

「最初のうちはソファーベッドで寝てたんだけど、どうも寝ぼけて秀司さんのベッドに潜り込んじゃうんだよね。体が勝手に快適なほうのベッドを選んだのかなぁ？　でも、秀司さんは指一本触れなかったんだから！　紳士なんだよ」

「眠っていたのに、触れられていないかどうか分かるものか！　好きなようにいじくり回されていたかもしれないんだぞっ」

「そんなこと、されてませんっ。ボク、そこまで寝汚くないよ。いじくり回されたりすれば目を覚ますに決まってるだろ！　そんなことを考えるなんて、お父さんってば不潔だ！」

「なっ…不潔とはなんだ、不潔とは！　だからお前は子供だというんだ。男がどんなものか分かっていない」

「なんでだよ！　ボク、もう二十歳なんだからっ。お父さんのバカ！」

「親に向かってバカとはなんだ、バカとは！　だいたい、お前は――」

ガーガーキャンキャンと喚く親子は妙に似ていて、父親は顔を真っ赤にして怒鳴り、息子は手をバタバタ振って怒鳴り返している。

二人で好きなだけまくし立てると揃ってガクリと脱力した。

「つ、疲れた…なんか、いつの間にかただの親子喧嘩になってるし……」

「お前が生意気を言うから悪いんだ。子供は、親の言うことを聞きなさい。お前のためを思って言っているんだぞ」

「もう成人してるし、大人だもん」

「すねかじりの子供だろう。まだ学生で、独り立ちしていないことを忘れるんじゃない」

「それはそうかもしれないけど、でも……」

親子喧嘩の第二ラウンドが始まりそうな気配に、長嶺は苦笑しながらストップをかける。

「まぁまぁ、お二人とも、少し冷静になってください」

「キミは口を挟むな！」

「秀司さんを怒らないでくれる⁉」

「……」

放っておくと、この二人はいつまでも口喧嘩をしていそうだった。

その言い争いの仕方も妙に息が合っていて、仲がいい親子だと微笑ましく感じるほどである。

再び始まりかけた親子喧嘩を押さえ込んだのは、真白の母の一言だ。

「お父さん、好きになってしまったものは仕方ないでしょう。私は認めますよ」

「未央子《みおこ》⁉　何を言うんだ！」

「長嶺さんが真白のことを本当に愛おしく思っていてくれるのは、見ていれば分かりますもの。それに真白だって、長嶺さんのことばかり話していたし……。長嶺さんに美味しいって言ってもらいたくて、一生懸命料理を覚えようとしていたんですよ。健気《けなげ》で可愛いじゃありませんか」

「しかし、男同士なんだぞ。世間に認められるものではないし、子供だってできない。お前は、孫の顔を見たくないのか？」

「世間は関係ないし、孫は見たいけれど、それは私たちがどうにかできるものでもないでしょう？　もし真白が女性と結婚したとして、相手の女性が不妊症だったらどうします？　離婚しろと言うんですか？」

「まさか！　私は鬼ではないぞ」

「そうでしょう？　あなたは、私と真白を愛している。大切なのはできるかどうか分からない孫ではなく、真白の幸せです。真白が長嶺さんと一緒にいるのが幸せだというなら、認めるしかないのよ」

「し、しかし…そんな簡単に……。どうしてお前はそんなにあっさりと認めることができるんだ？」

「以前から長嶺さんのことを話すときの真白の表情が気になっていたのと、真白の友人の八尋さんと鷹司さんが男同士でも恋人だという話を人から聞いていたからよ。そういうこともあるのねと思って、もしかしたら真白は長嶺さんを好きなのかしら…と考えていたから」

「前々から気がついていたということか⁉　なぜ私に言わなかった」

「確信があったわけではないもの。もしかしたら…という程度のものよ」

「しかし、だからといって…男同士なんだぞ？」

「真白が好きになった相手です。それに、財産目当ての性格の悪い嫁が来たら嫌だもの。それくらいなら、真白がお嫁さんとして幸せになってくれたほうがいいわ。今までどおり家に来させてくれるのなら、私は認めます」

「お母さん、ありがとう！」

真白はその言葉に喜び、思わず母親に抱きつく。

「本当に、あなたはいつまでも子供っぽくて…でも、恋をしているのね」

「うん！　秀司さんが、好きなんだ。秀司さんと一緒にいるとドキドキして、嬉しくて、安心できる。こう…胸にポッと明かりが灯るっていうか…ボクの言いたいこと、分かる？」

「ええ、もちろん。それは、愛ね。真白は長嶺さんとちゃんと恋愛しているのね」

「うん」

そんな妻と子の会話を、父は苦虫を噛み潰したような顔で見ている。いともあっさりと認めてしまった妻に対して、非難めいた恨めしげな視線を向けていた。

長嶺が話を元に戻そうと真白の父に言う。

「自分で納得しているならば用意された道を行くのもいいでしょうが、そうでないならそれは不幸の元ではないでしょうか？　確かに真白くんはまだ学生ですし、人生はまだこれからですが、自分の道は自分で選ぶべきだと思います」

「真白は、世間知らずの箱入り息子だ。自分にとって何が一番か分かっていない」

「お父さんの考える一番と、真白くんが考える一番が違う場合もあります。真白くんはご両親を愛しているからこそお二人の望むような息子になりたいと思っているようですが、それで無理をすれば真白くんが潰れてしまうかもしれません。お父さんが、自分の育て上げた企業を継がせたいのも分かりますし、幸せな結婚をさせて、孫を抱きたいというのも分かります。けれど、それが真白くんの幸せだとは限らないのではないでしょうか。幸せの形は人によって違いますし、それは自分で見つけるものだと思うのです」

「…………」

不安そうに長嶺と父親とを交互に見ている真白はまさしく小動物といった感じで、いかにも頼りない様子だ。

両親としても実にいい子に育ったと思いながらも、いい子すぎて身を守れないのではないかと心配していた。

「真白くんは、まだ大人への第一歩を踏み出したばかり。自分でこれだと思えるものを見つけるためにも、いろいろな経験を積んで、少しずつ前に進むのがいいのではないでしょうか？ 純粋で優しい真白くんなだけに心配なのは理解できますが、私たちは真白くんを見守り、必要なときに手を差し伸べるしかないと思うのです。私は心から真白くんを愛していますし、悪い人間からも守ると誓います」

「…………」

真白の父は資産家なので、真白が狙われる恐れは充分にある。見るからに素直で丸め込まれやすそうな真白なので、よからぬ輩が騙そうと近寄ってくる危険は大きかった。

仕事上での長嶺の評判は極めて優秀で隙のない人間というもので、非情な部分も持ち合わせているらしい。敵に回すと危険だが、味方にできればこのうえなく頼もしい相手とのことだった。

その人物が、真白を愛し、守り抜くと言っている。おそらくその言葉にウソはなく、真白は長嶺によって慈しまれ、危険からも遠ざけられるのだろうと分かった。

「むむっ……」

確かにおかしな女に引っかかるより真白にとっては幸せなのかもしれないと思いはしても、父親としてはそう簡単に了承できることではない。

なんともいえない葛藤を抱えたまま唸り続ける父だが、反論が出なくなったイコール了承という意味だと妻と子は理解している。真白の父は、そういう性格なのだ。

「そういうわけで、私たちは認めますけど、長嶺さんのご家族はどうなのかしら？　この子をつらい目に遭わせたくないわ」

「うちは弟がいますし、何も問題はありません。うるさく言われたら、親子の縁を切るくらいの覚悟はありますから。ただ…真白くんの、この可愛い遺伝子が途絶えるのだけは、もったいないと思います。真白くんを女なんかに渡すつもりはありませんが、真白くんに似た子供は見たいですね」

愛おしさを全開にした目で真白を見つめる長嶺に、父の最後の不安も消えてなくなる。

だからといってすんなりと認めるようなことはしないが、全身から放っていたトゲトゲしい空気が緩和していた。

「お母さん…失礼ですが、お年はいくつですか？　ずいぶんとお若く見えますが」

「あら、ええっと、その…四十一歳ですけど」

「四十一歳…まだまだお若いではありませんか。二人目の子供を欲しいとは思われませんか？」

「ええっ？　私、もう四十一歳ですよ」

「最近はその年での出産も、珍しいものではありません。我が社の社員にも、四十四歳で初産という女性がいますが、元気いっぱいの双子の赤ちゃんを産みましたよ」

「でも、もう、体力もないし……」

「体力がなくなった代わりに忍耐力が培われたから、子育てもなんとかなっていると彼女は言っていました。ダブルで夜泣きをされてもヒステリーを起こさずにすんでいるのは、年齢とともに培《つちか》った忍耐力の賜物だそうです」

「双子ちゃんに夜泣きをされたら大変そうねぇ」

「赤ちゃんがいると、出かけるのも一苦労らしいですね。ですが、昔と違い買い物もネットですませることができますし、こちらには住み込みの家政婦さんがいるそうですから、手伝ってもらえば大丈夫では？　お二人とも夫婦仲はよさそうですし」

「あら、そんな。嫌だわ、ほほほ」

「うおっほん。突然、何を言い出すのかね」

二人して照れてみせ、まんざらでもないという様子を見せる。

「弟か妹かぁ…子供の頃はすごく欲しかったな。兄妹のいる友達がうらやましくてさ。二人とも、がんばってみたら？　できたらボク、可愛がるよ」

「まぁ、真白ったら」

「お前まで何を言う」

その場には先ほどまでの剣呑な雰囲気はなく、妙にほのぼのとしていた。

真白の子供時代はすぐに熱を出してハラハラしたとか、生まれるなら男の子がいい、いや女の子なら可愛い服が着せられる…と楽しい会話で盛り上がった。

そして、二人が辞去したあとで父はハッと気がつくのだ。

「なし崩しにされた‼　あの若造め！」

帰り際は夫婦で見送ってしまったし、誰がどう見ても二人の仲を認めてしまったという雰囲気だった。

次に会ったときに認めないと喚いても、今更と言われるのが落ちである。

真白の父は長嶺にしてやられたとカッカしながらも、そんな長嶺だからこそ真白を任せられるとも思う。

悔しさとホッとするような思いを抱え、苦笑する真白の父だった。

そして車中の真白といえば、自分たちの関係をカミングアウトしたこと、両親が覚悟していたよりもずっと寛大だったことに興奮していた。

「もうもうもう、本当に信じられない！　お母さんはボクたちのことを認めてくれたし、お父さんだって言葉には出さなかったけど、認めてくれたようなものだしっ。怖かったけど、行ってよかった‼　秀司さん、ありがとう。大大大大好きっ‼」

長嶺が運転中じゃなければ、抱きついているところだ。

一人っ子で両親に溺愛されて育った真白は、ウソをついていることがずっと後ろめたかった。好きな人を両親に紹介できないのも、長嶺についてウソをつくことになるのもつらかったのである。

それが今は、一応とはいえ両親に認めてもらえたのだから、嬉しくないわけがない。完全に肩の荷が下りた気がして、真白は嬉しくて仕方なかった。

信号が赤になり、いったん車を停めた長嶺は、真白の手を握って微笑みかける。

「私も、大大大大好きですよ。本当に、うまくいってよかった。これで、真白くんとずっと一緒にいられます」

「秀司さん‼」

真白は感極まって長嶺に抱きつくが、あいにくと充分甘える前に信号が青へと変わってしまう。

仕方なく長嶺から離れた真白は、ぷうっと頬を膨らませた。

「ああ、もう！　早く家に帰って、思う存分感動を味わいたいっ」

行きは恐れと不安でひどく近く感じられた道のりが、帰りはやけに遠く、時間がかかるように思えた。

だからマンションに戻り、部屋に入るや否や靴を脱ぐのももどかしく長嶺に抱きつく。

「秀司さん～っ」

長嶺はやっぱりクスクスと笑って真白をヒョイと抱き上げ、そのままリビングのソファーへと連れていった。

長嶺の膝の上に座る形になった真白は、長嶺のネクタイを緩め、後ろに撫でつけられた前髪を指で梳いて乱す。

スーツ姿の長嶺は格好いいが、自分の前では気を抜いてリラックスしてほしいのだ。

それに、用事があるとき以外はくっついていたいとも思う。両親の家にいるときはそんなに甘えん坊ではなかったから、これはいつの間にか長嶺につけられた癖のようなものだった。

真白はコアラのように長嶺にしがみつき、ホウッと安堵の吐息を漏らす。

「なんか、もう、本当に…本当によかった……。嬉しいよぅ」

ポロリと涙が零れたのは、安心したからだ。

不安と恐怖から解放され、馴染んだ空間で緊張が解けた。

長嶺はそんな真白の頭をよしよしと撫でながら言う。

「真白くんはいい子ですからね。隠し事をしているのがつらかったんでしょう？　でも、これでもう大丈夫ですよ」

「うん……」

コクリと頷いて、真白はジッと長嶺を見つめる。

「どうしました？」

「これで、秀司さん、後戻りできなくなっちゃいましたよ？　他に好きな人ができてボクを捨てたりしたら、ボク、すごく泣きますから。そうしたら、お父さんに殺されちゃいますよ？　いいんですか？」

真白は長嶺にとても大切にされているという自覚がある。

慈しまれ、愛されている。

けれどそれでもやはり、長嶺の際立ったいい男ぶりを見ていると、誰かに取られてしまったらどうしようという不安が生まれるのだ。

「そんなもったいないことは、絶対にしませんから。何しろ、生まれて初めてと言ってもいい、自分から欲しいと思った存在ですからね」

「ホント？　本当に、捨てない？　ボク、秀司さんに捨てられたら泣いちゃうよ。立ち直れないよ。ボクを甘えん坊にしたのは秀司さんなんだから、責任取ってもらわないと困るんだからね？」

「喜んで責任を取りますとも。真白くんも、他に好きな人ができたとかはなしですよ。そんなことを言われたら、相手を殺してしまうかもしれませんから。相手のためにも、私だけを見ていてください」

「秀司さんってば」

真白は笑って再び長嶺にしがみつく。

長嶺は、真白が欲しいと思うような言葉を言ってくれる。それは真白にとってとても嬉しく、心が満ち足りていくのを感じた。

「もうちょっと待っててくださいね。ボク、すごくがんばって、秀司さんの隣に立ってもおかしくない大人になりますから」

「私は、今のままの真白くんで充分なんですが。きっと真白くんは、十年経っても可愛いままですよ」

「ボクは、十年後にはパリッ、スキッ、キリリッとした大人になってる予定なんですよ。だから、末永くよろしくお願いします」

「こちらこそ。チマッ、プニッ、フニャフニャのほうが好みですが」

「むむっ」

そんなのより、絶対にパリッ、スキッ、キリリッのほうが格好いいのに、秀司さんは趣味が悪いと真白は文句を言う。

長嶺は長嶺でチマッ、プニッ、フニャフニャの良さを熱弁し、二人はそんなふうにたわいのない話をしながら笑い合い、抱き合い、キスをするのだった。

秘書様の困った趣味

★★★

週明けの月曜日。

長嶺と想いを伝え合い、晴れて身も心も恋人同士になった真白は、フワフワした気持ちで大学に行った。

誰かに言いたい…でも言えないという嬉しい葛藤を抱え、ときにニマニマしながら講義を受ける真白を、友人たちは不審に思ったようだ。

どうしたのかと聞かれたのだが、なんでもないと答えるしかなかった。

真白が暗い表情ではなく嬉しそうなのがよかったのか、友人たちはそれ以上深入りすることなく「楽しそうで何よりだ」ですませてくれた。

けれどやっぱり誰かに初めての恋人ができたことを伝えたかった真白は、やはりこの手の話の相手は八尋しかいないと思う。

八尋は真白と長嶺の同居を知っていて、家事の先生でもあるし、自分自身も帝人と付き合っているのだから男同士に対する偏見もないはずだ。

そう考えてずっとソワソワし、ようやく午後の講義を終えて八尋と一緒に帰宅の途についている間も落ち着かなかった。

道端でするような話ではないので、真白は八尋たちの部屋に入るなり、コートを脱ぐのももどかしいとばかりに言う。

「あの、あのね、八尋くんっ。ボク、長嶺さんとお付き合いすることになった‼」

さんざんどんなふうに言おうか悩んだ挙げ句の直球勝負だが、真白の意気込みに反して八尋は「あ、そう。おめでとう」というあっさりした返事を寄こしただけだった。

真白としてはビッグニュースを伝えたつもりなのに、反応が薄くてつまらない。

ぷうっと頬を膨らませて文句を言う。

「それだけ？　普通、もっとビックリしない？　ボクと長嶺さんなんて、青天の霹靂《へきれき》っていう感じだよね？」

「長嶺さんがありえないほど甘やかしてたし、時間の問題だろうなって思ってたから、ビックリなんてしないよ」

「そうなんだ？　ボク自身は、ビックリ仰天なのに。だって、頭が良くて優しくて、頼もしくて…とにかく男として最高で完璧な長嶺さんが、ボクのことを好きになってくれるなんて信じらんない。夢みたいに幸せ」

真白が長嶺のことを語るたびに、八尋は複雑な表情を浮かべる。

「あー…うん、よかったね。帝人の平穏のためにも、末永くお幸せに」

「あはは、何それ。八尋くんはボクの先生だし、男同士の恋愛の先輩でもあるから、いろいろ教えてもらいたいんだ」

その言葉に、八尋は目に見えて怯む。

「うっ…悪いけど、そういうのは苦手だから。家事関係ならともかく、恋愛関係はちょっと……。それに恋愛って、人それぞれ違うだろうし」

「そうかもしれないけど、ボク、他に相談できる人なんていないないし。普通に彼女がいる友達にとかは無理じゃない？　たぶんだけど、悩むところが違う気がする。それに、絶対紹介しろって言われるだろうから、ちょっと困るなぁ。もちろん、いつかは話さなきゃとは思ってるけど」

「いや、分かるけど。それは分かるんだけど…ボク、本当に恋愛関係、苦手だからっ」

「ええ〜、なんで？　鷹司くんと、高校のときからの恋人なんでしょう？　しかも、親公認のうえ、周囲にも堂々と公表した仲だよね。キャリア的にも環境的にも、相談役としてぴったりじゃない？」

「……あいにく、性格的に向いてないんだよ」

「ああ、八尋くんって恥ずかしがりやさんなところあるからね」

「恥ずかしがりや……？」

八尋は嫌そうな表情を浮かべるが、真白としてはその言葉がよく合っていると思う。

「照れちゃうのは分かるけど、そこをなんとかお願いします。ボク、誰かとお付き合いするの初めてだし、分からないことがたくさん出てくると思うんだよね。それにほら…長嶺さんのことを話せるのって八尋くんだけだし。コイバナって楽しくない？」

「さ、さぁ？　したことないし」

「なんで？　高校のときからの付き合いだから、もう結構長いのに。誰ともそういう話はしないの？」

「ボクたちがいたのは全寮制の特殊な男子高校で、その中でも大モテの俺様だった帝人だから、ボクは妬《ねた》み嫉《そね》みのターゲットにされて大変だったんだよ。だから友達なんていなかったし、大学に入ってからも似たようなものだから」

「美人って大変なんだね。鷹司くんを狙ってる女の人たちからは親の敵《かたき》みたいに睨まれて、男たちは八尋くんを見てるとムラムラするとか言ってるし。なんか、フェロモン出てるんだって？」

「知らないよ、そんなの」

「彼女がいる友達が、揃って『俺、ノーマルなのに』って言ってたから、友達作りも難しいよね。まず、ボクみたいにフェロモンが効かない相手を見つけないと」

「あいにくとそういうタイプは、帝人の相手っていうことでボクを毛嫌いするんだよね。それか、最初から近づかないか。キミだって、長嶺さんのことがあるまでは話したことなかったし」

「あぁ、だって八尋くんは寄るな触るなっていうオーラを発してて、鷹司くんは番犬みたいに睨みを利かせてるから、近づくの難しいよ。怖いもん。八尋くんがキツイ言葉で男を撃退しているのも見てるしさ～」

「変な男に付きまとわれたくないからね」

「美人って大変……」

モテるのはいいことばかりではないのだと、八尋を見ていれば分かる。

男を惹きつけるフェロモンでも発しているんじゃないかとウワサされている八尋は、小さな頃から男に付きまとわれ、嫌な思いをしていたそうだ。

「そう構えないでよ。相談なんていうと大げさに感じちゃうけど、ボクが何か言ったら普通に答えてくれるだけでいいから」

「まぁ、それなら……」

八尋は渋々ながら了承してくれて、真白は心置きなく長嶺のことを語れる相手をゲットしたのだった。


タイミングよく八尋に送られてきた食材の中に見事な鯛《たい》があったから、頭を使って鯛飯、身は半身を刺身、もう半身を煮て、鯛づくしの夕食にする。

さすがに大きな鯛のウロコを取ったり三枚に下ろしたりするのは大変だったが、八尋の細かな指導のおかげでなんとかなった。

鯛づくしのご馳走を用意して待っていた真白は、玄関の扉が開く音を聞きつけていそいそと出迎えに走る。

「おかえりなさい！」

「ただいま。真白くん、今日は真白くんのパジャマを買ってきました。とても肌触りがよくて、暖かそうなんですよ」

「わぁ、ありがとうございます…って、またボクのを？」

「まぁ、いいじゃないですか。真白くんのを選ぶのが楽しいんですよ。はい、これ。お風呂上がりに着てくださいね」

「……はい」

まずはご飯だと、真白は袋を置いて夕食の準備を進める。

鯛づくしの夕食を、長嶺は喜んだ。もともと肉より魚のほうが好きらしいし、帝人と同じで仕事柄フレンチやイタリアンばかり食べているから和食に飢えているらしい。

粗汁は美味しいけど、食べるの大変ですよね～などと言いながらの和やかな夕食だ。

長嶺は鯛飯を二回もお代わりして、煮物も骨しか残らないくらい綺麗に完食した。

「ご馳走様でした。今日も美味しかったです」

「ご馳走様でした。長嶺さん、お風呂が沸いてるから、入ってくださいね」

「分かりました」

長嶺が風呂に入っている間に、真白は後片付けをする。

ついでに明日の朝食のためのスープも作り、温めるだけの状態にした。

味噌汁は風味が落ちるから作り立てのほうがいいが、スープは大丈夫だと八尋に教えてもらったのである。おかげで朝食作りの時間が短縮できてありがたかった。

キッチンを綺麗に片付けたところで、自分も風呂の支度をしておこうと長嶺にもらった袋を手に取る。

中に入っていたパジャマは、フード付きのトレーナーにズボンだ。トレーナーの丈はかなり長めで、白と薄茶色のまだら柄だった。

「ふあぁぁ～…気持ちいい～。フワフワのフカフカだ」

真白は思わず頬ずりしてその感触を堪能する。

素肌に直接触れるパジャマだけに、この気持ちよさは嬉しい。

長嶺も自分のを買えばよかったのに…と思った真白だが、長嶺にこのフワフワ素材が似合うかどうかは疑問だ。

「……長嶺さんには、やっぱり黒とか紺のシルクパジャマが似合うと思う」

実際、とても格好いいのだ。揃いのガウンを身にまとう姿は男の色気たっぷりで、恋人になる前から、なんて素敵なんだろうと見とれたものである。

「真白くん、風呂、空きましたよ」

「はーい、入ってきます」

今日の入浴剤は檜《ひのき》の香りだ。外国製もいいが、日本のも欲しいと思って真白が買ってきた。

「んー……いい香り。たまには和風もいいよねぇ。落ち着く……」

髪と体を洗い、ゆっくり伸び伸びと浸かってから浴室を出た真白は、体を拭ってから長嶺にもらったパジャマを着込む。

「ふぁ～……やっぱり、気持ちいい。フカフカパジャマ、気に入ったかも」

なるべく大人っぽく見せたい真白は、パジャマも黒や紺、グレーなどが多い。素材も綿ばかりだったが、このフカフカの感触には抗いがたいものがある。

「……それにしても、長嶺さんが買ってくるのって、白とか茶ばっかり。ボク、黒系似合わないのかなぁ？」

実際問題、長嶺が買ってくれた服を着ていくと、友人たちに似合うと言われる。

「大人っぽくなりたいのに……」

濡れた髪を乾かしながら、真白はフウッと溜め息を漏らした。

洗面所を出た真白は、冷蔵庫の中から水を取り出して水分補給をする。そしてテレビを見ている長嶺の隣にチョコンと座った。

「ああ、真白くん。これは、フードを被らないと」

「家の中なのに？」

「フードに醍醐味《だいごみ》があるんですよ」

そう言って長嶺はフードを真白に被せ、思わずという感じでギュッと抱きしめる。

「可愛い」

「え～？」

いったい何が…と思って立ち上がり、部屋の隅にある全身鏡を覗き込んでみる。

「はうっ！　ハ、ハムスター……」

フードには小さな丸い耳がついていて、その色といい柄といい、まさしくハムスターパジャマである。

しかも認めたくないことに、真白の童顔にしっくりきていた。

「ね？　よく似合うでしょう？　まるで真白くんのために作られたかのようなパジャマです。素晴らしいですねぇ」

「………」

長嶺はうっとりとしてそんなことを言うが、真白はちっとも嬉しくない。

それでなくても友達からハムスターだのウサギだの言われているので、長嶺にまでそんな扱いをされるのは嫌だった。

真白は目を吊り上げ、長嶺に問いかける。

「長嶺さんにとって、ボクはペットなんですか？　こんな…ハムスターパジャマなんて…ボクは、ペットじゃありません‼」

「もちろん、真白くんはペットなんかじゃないですよ。私の、大切な恋人です。そもそも私は、ペットを飼いたいなんて思ったことは一度もありませんからね。ハムスターやウサギが可愛く思えるようになったのも、真白くんに似ているからです」

「え……？」

「真白くんを好きになって初めて、ハムスターやウサギが可愛いと思えるようになったんです。真白くんが先なんですよ」

「ええっと……」

嬉しいような悲しいような、複雑な心境だ。

小動物好きだから真白を好きになったわけじゃないと分かったのは嬉しいが、そのせいでこんなパジャマを買ってこられるのは困る。

「ボクの目標は、長嶺さんにつりあう素敵な大人になることなのにっ。素敵な大人は、ハムスターパジャマなんて似合わないはず」

「素敵な大人の定義にもよるんじゃないですか？　私の考える『素敵な大人』は、いくつになってもハムスターパジャマが似合う人です」

「えええ〜っ？」

「きっと真白くんはいくつになってもハムスターパジャマが似合うでしょうから、私の考える『素敵な大人』像にぴったりですね」

「う〜ん？」

どう考えてもそんなのおかしいと思うのだが、人それぞれと言われてしまうと反論は難しい。

確かに人の好みは十人十色で、真白には真白の、長嶺には長嶺の夢とか理想があるはずなのだ。

「でも、でも…『素敵な大人』がハムスターパジャマが似合うなんて…絶対、変！」

「そうですか？　私はおかしいとは思いませんけど」

ニコニコしながら可愛い可愛いとギュウギュウ抱きしめてくる長嶺に、真白はむむむっと唸り続けた。


八尋への相談第一号は、昨夜もらったパジャマについてだ。

ウサギだのハムスターだの言われることには慣れているが、さすがにあのパジャマはどうかと思った。

それに、長嶺が言うところの「素敵な大人」についても第三者の意見が欲しいところである。

真白はマンションに帰るまで待ちきれず、昼休み、食事を終えた八尋を講義室の隅に連れ出す。

「あのさ、あのさ、長嶺さんが買ってきたパジャマが白と薄茶のブチ模様で、フードには耳がついてて、ハムスターパジャマなんだよっ。それって、どう思う？　普通？　普通じゃないよね？　変だよね？　おかしいと思うよね!?」

「ちょ、ちょっと落ち着いて。……ハムスターパジャマ？」

「そうだよ。フワフワの、耳付きパジャマ」

「……長嶺さんもコスプレさせる趣味があるのか…うーん、嫌な師弟だ」

「え、何？　よく聞こえなかったんだけど」

「いやいや、別になんでもないから。長嶺さんも、困った人だね。ハムスターパジャマって…うん、すごく似合いそう。確かにちょっと見てみたいなぁ」

「八尋くんまで！　ボクはもう二十歳で、成人してるんだからねっ。ハムスターパジャマなんて着るのはおかしいんだよ」

「似合うんならいいんじゃないかな…という気がする。真白くんを見てると」

「よくないよ〜。似合うこと自体が屈辱的…悲しい……。ボク、長嶺さんにつりあう大人な感じになりたいのに」

「大人…それは、長嶺さんが喜ばないんじゃないの？　真白くんの小動物感が好みなんだろうし。ああ、でも帝人は、真白くんの害のない感じが好きなんじゃないかって言ってたけど」

「何、それ」

「うーん…長嶺さんって、人に心を許さないというか…百パーセント信頼はしない人みたいでね。家族にさえ隙を見せないって言ってたから。でも真白くんは考えがそのまま表情に出るし、悪いことができるタイプじゃないから一緒にいて安心できるんじゃないかな」

「んー…似たようなこと、長嶺さんに言われたかも。ボクって、そんなに顔に出る？」

「すごく、はっきり出るよ。表情だけで会話ができそうなくらい」

「うわ～…やだっ。困る！」

真白はパシパシと自分の顔を叩き、慌てふためく。

アワアワとしたその動きが小動物感をかもし出すとは気がついていない。

「それにしても…ハムスターパジャマかぁ。それ以上エスカレートしないように祈っておいたほうがいいよ」

「エスカレート？」

「趣味って、広がったり深まったりするからねぇ。付き合うほうは大変なんだな、これが……」

遠い目をして大きな溜め息を零す八尋に、わけが分からないながらも真白は不安に駆られるのだった。

★

★

★

明日は休みという金曜日の夜。長嶺も休めるということで、真白はいつもより張り切って夕食作りをして待っていた。

料理の先生である八尋も真白と条件は同じだから、金曜日の食材はいつもより豪勢な感じがする。

長嶺はこの日、大きな紙袋を持って帰宅した。

しかも、常になくテンションが高い。

「お帰りなさい。何かあったんですか？　嬉しそう」

「ええ、ちょっと。あ、これはお土産です。フランスの有名なショコラティエのものだそうですよ」

「わぁ、ありがとうございます。食後のお楽しみですね」

真白は小さな箱を受け取って、ニコニコする。長嶺がときおり持ってきてくれるお土産は、どれもとても美味しいのだ。

明日は休みだからゆっくりできるので、二人ともニコニコしながらの夕食になった。

真白は長嶺の飲んでいた日本酒を少しもらい、ほろ酔いになる。サラリとした飲みやすい日本酒だったから、ご機嫌でお代わりまでしてしまった。

ほろ酔いのまま夕食の後片付けをして、濃いめに淹れたコーヒーとチョコレートをデザート代わりにする。

「ん～、美味しい。中に入ってるクリームが絶妙♡」

「濃厚だから、コーヒーに負けていませんね。さすがに高価なだけあって、一粒でも満足感があります」

「そんなに高いんですか、これ」

「一粒八百円だそうですよ。普通のケーキより高価ということになりますね」

「八百円⁉　高っ。それなら、美味しくて当然ですよねぇ。うーん…でも、八百円かぁ。ボクはちょっと手が出ないかな。チョコ一粒八百円なら、ケーキのほうがいいやって思っちゃいます」

「普通はそうでしょうね。これは日常的に食べるものではなく、特別なときや、自分へのご褒美に買うものなのではないでしょうか」

「自分へのご褒美かぁ…それなら、一粒八百円も納得かな。美味しいのは確かだし」

長嶺が持ってきたこの小さな箱には八粒も入っているから、単純に計算すると六千四百円ということになる。

学生の真白からすると、チョコレートに六千四百円も使うのは大変だ。ファミリーレストランやカフェではとても無理だし、それだけあればフルコースが食べられてしまう。

「これって、大人の贅沢ですね」

「まさしくそのとおりです。うちの店で扱うという話があるのですが、さすがにこの価格だと…攻め方を考えないと……」

長嶺の表情は真剣で、仕事モードに入っている。頭の中ではいろいろな案が駆け巡っているようだ。

なんて格好いいんだろうと、真白は見とれてしまう。

何をしていてもさまになる長嶺だが、やはり仕事の顔は特別なものがある。

「……そういえば、大きな袋を持ってきましたけど、あれもお仕事ですか？　週末は、家で書類仕事？」

それならそれで真白は部屋でぬくぬくしながらテレビを観たり本を読んだりするからいいのだが、一応の予定は知っておきたい。

「ああ、あれですか」

ニヤリと笑ったその顔に、真白は怯むものを感じる。

「……う？」

「そうそう、あれがあったんでした。仕事じゃなく、週末のお楽しみですよ」

「な、なんだろ…ゲームとか？」

「ちょっと違いますね。待っていてください。今、取ってきますから」

長嶺は勢いよく立ち上がり、クローゼットの前に置いておいた紙袋を持ってくる。そして真白に渡し、「開けてみてください」と言った。

真白は長嶺の上機嫌さに嫌な予感を覚えながらも紙袋の中から包みを取り出し、包装を解いて中身を出した。

「…………」

包みの中に入っていたのは、ハムスターパジャマと同じような素材の服だ。いや、服というには少々語弊のあるものである。

二着あるそれを広げてみた真白は、思わず絶句したあとで小さな声を絞り出す。

「こ、こ、こ、これ…なんですか……？」

聞くのが怖いが、聞かないわけにもいかない。

「可愛いでしょう？　真白くんの部屋着ですよ。オーダーメイドで作らせました。今回はウサギシリーズということで、全身スッポリ繋ぎ型ウサギと、腹見せ脚見せアダルトウサギです」

「は…はうううう。意味が…意味が分かりませんっ」

「あれ、分かりませんか？　こちらの全身タイプは、飾りになっているこの大きなボタンで脱ぎ着して、こちらのアダルトタイプは普通に頭から――」

「着方じゃなくてっ。これの…この、部屋着と言い張るもの自体の意味が分からないんです！　これ、変でしょう？　どう考えても変ですよね？　普通、こんなの着ませんよね？」

「いやいや、今回は真白くんにぴったりのものを着てほしくてオーダーメイドにしましたけど、似たようなのが市販されているはずです。それを参考に作ってもらったんですから。市販されているということは変ではないし、普通なんじゃないかな？」

「んーっ、んーっ」

真白はギュッと眉間に皺を寄せ、市販されてたっけと考え込む。

たとえ街中で売っていたとしても、自分に関係ない店や物なら認識せずに通り過ぎてしまうから、売っていないと断言することはできなかった。

「でもっ、でも…やっぱり、変な気がする！」

「そうですか？　私はちっともおかしいとは思いませんけど。真白くんなら、似合うに決まってますから。それに、似たようなものを八尋くんも着ているはずですよ」

「え？　八尋くんが？」

「ええ。今回、八尋くんのも一緒に注文しましたから。八尋くんは、黒猫ですが。そもそもこれは、うちの社長が発端なんですけどね」

「鷹司くん？」

「八尋くんにいろいろな格好をさせるのが好きなようで、仕事中にもかかわらずこの店のサイトを覗いていたんです。それで、つい私も……。真白くんに似合うと思ったら、我慢できなくなりまして」

「し、仕事中にそんなことを……。八尋くんに黒猫って…うーん、似合いそう。尻尾が長くて、赤い首輪とかついてると可愛いですよね」

「まさしくそんな感じらしいです。ああ、首輪には鈴がついていなければいけない…と注釈をつけていましたっけ」

「こ、こだわり……？　なんか、ウサギのほうがマシな気がしてきたような……」

「そうでしょう？　耳にはワイヤーが入っているからピンと立ち上がりますし、垂れ耳にすることもできるんですよ」

「嬉しくない……」

嬉々としてそんなことを言われても、真白のテンションは下がるばかりだ。

長嶺につりあうよう大人っぽくなりたいのに、ウサギなんて似合ってもちっとも嬉しくない。

「で、でも、ハムスターよりマシ？」

ハムスターのほうが小さいし、より小動物感がある。

少しは出世したのだろうかと思っていると、長嶺がニコニコしながら言う。

「ハムスターは、フカフカパジャマがあるのでやめておいたんですが、せっかくだから作りましょうか。やっぱり、パジャマよりも全身タイプのほうがより可愛らしいですしね。色は何がいいですか？　真っ白や茶色も可愛いですよね」

上機嫌な長嶺は、どんどん話を進めていってしまう。

このままではハムスターまで作られてしまうと、真白は必死になって止めようとする。

「ま、待って！　待ってください～。ボク、そんなのいらないですっ」

「そうですか？　可愛いのに。ウサギと違ってワイヤーを使う必要がないから、パジャマにもできますよ」

「重要なポイント、そこじゃないし！　八尋くんは本当に全身黒猫とか、アダルト黒猫とか着るんですか？」

「着るでしょうね。なんだかんだ言って、社長の趣味に付き合わされているようですし。八尋くんは、懐に入れた人間には甘いんですよね」

「着るんだ…そっか…八尋くん、着るのか……。うう～ん」

「恋人同士なら、おかしなことではありませんよ。実際、八尋くんなどはもっと大変なことになっているようですし」

「た、大変なこと？」

「どうもうちの社長にはコスプレをさせる趣味があるようでして。セーラー服やメイド服、ベビードールなどいろいろ着せられているみたいですよ」

「えええぇぇっ⁉」

何それと、真白は悲鳴にも似た声を上げる。

「セ、セーラー服⁉　メイド服⁉　ベビードールって何⁉」

最後のは初めて聞いた言葉なので、どんなものかよく分からない。

直訳すると赤ちゃん人形だから、赤ちゃんの服でも着るのだろうかと首を傾げた。

「ベビードールを着た真白くんも可愛らしいでしょうね。今度買ってきましょうか」

「いやいや、絶対、いらないっ。どういう服か知らないけど、嫌な予感しかしません。本当に、本気で欲しくありませんからっ」

「残念ですねぇ、似合いそうなのに。八尋くんに着せるためにおかしな服ばかり注文する社長に呆れていましたが、いざ自分にも可愛い恋人ができると気持ちというのは変わるものですね。今なら理解できます」

「う、嬉しくない……。八尋くんの言ってた、広く深くってこういうこと？　すっごい、やだ！」

ハムスターパジャマで止まってくれればよかったのに、エスカレートしていっている。

そのうえ帝人の恋人へのコスプレ趣味が理解できるなどと言われては、これからが怖くなってしまう。

「さぁ、真白くん、着てみてください。今日は金曜日の夜なので、ぜひ、こちらのほうでお願いします！」

そう言って長嶺が指差したのは、露出度の高いアダルトウサギのほうだ。

「や……やだ……」

「そう言わずに。絶対に似合いますよ。私が保証します」

「そんな保証、いらないっ」

「着方が分からないのなら私がお手伝いを……」

長嶺の目が獲物を狙う肉食獣のそれに似ていて、真白は悲鳴を上げそうになる。

涙目でアダルトウサギの入っていた包みを掴み、プルプルと首を横に振った。

「分かりますっ。着方、分かりますから！　でも恥ずかしいし、洗面所で着替えてきます」

一気にそれだけ言うと、真白は脱兎のごとく洗面所へと駆け込んだ。

「あ、あうぅ〜…」

洗面所に入った真白は急いで鍵をかけ、ズボンのポケットから携帯電話を取り出して八尋に電話をする。

「や、八尋くん！　助けて〜。長嶺さんが…長嶺さんが、変な服を持ってきたっ。ウサギなんて着たくないよぅ。八尋くんは黒猫なんだよね？　着た⁉」

『……………』

「八尋くん？　八尋くん、いるっ⁉」

『……いるよ。少し、落ち着いて。それと、ボクのことは放っておいてくれていいから』

「んーんー…ウサギ着ろって言われてるんだけど、どうすればいい？」

『着るしかないんじゃないかな。長嶺さんもサドッ気がある人だと思うから、グズグズしてると、「無理やり着せる」っていうプレイに発展して、かえって恥ずかしい思いをさせられたりするかもよ』

「えええっ？　何、それ。長嶺さん、そんな人じゃないよ」

『いや、キミ、長嶺さんに夢を見すぎてると思う。あの人は、間違いなくサドッ気があるよ。もちろん真白くんを傷つけたりしないと思うけど、可愛いがゆえにちょっと苛めるっていうのはありだと思うから』

「苛める……？」

どこかで聞いたことのあるキーワードだと思った真白は、一生懸命思い出そうとする。

「――あ！　長嶺さんは、ボクのこと苛めたりしないよっ。ちょっと意地悪はするけど、苛めないって言ってくれたんだから」

『ああ、じゃあ、「無理やり着せる」っていう意地悪はされるかもね』

「う？　それって、言い方を変えただけじゃ……」

『そうとも言える』

「や、やだ……」

どうあっても着るしかないという八尋の言葉に真白が唸っていると、帝人の声が割り込んでくる。

『おい、チビハム。いつまでグチャグチャ言ってるんだ。おとなしく、ウサギにでもなんでもなっとけ』

『こら、帝人！』

『こっちはもう、大人の時間なんだよ。美味しそうな黒猫ちゃんが目の前にいるのに、お預けを食らわされる身になってみろ』

『この、この、この！　余計なことを――!!』

「えーと……」

帝人の言葉の意味を考えた真白は、理解したとたん驚きの声を上げる。

「八尋くん、もう黒猫になってるんだ！　どっち着てるの？　全身タイプ？　それともアダルト黒猫!?」

『ボクのことは放っておいてって言ったろ！　聞くなっ』

『アダルトだよ、アダルト。金曜の夜だぞ。当然だろ――いてっ！　おい、こら、引っ掻くんじゃない。そんな格好じゃ可愛いだけだぞ。――いてっ――ブチッ。ツーツーツーツー』

「……切れた」

とりあえず、八尋たちの様子は分かった。

八尋ならいい解決策を示してくれるんじゃないかと思って電話したのだが、本人はもうすでに着せられていたらしい。

「き、着るしかないのかなぁ……？　嫌なんだけど…すご～く嫌なんだけど……」

けれど八尋だって自ら進んで着たとは思えない。八尋の性格を考えると、真白以上に嫌がりそうだ。

それなのにセーラー服やメイド服、アダルト黒猫を着せられているのだから、逆らっても無駄という気がする。

「でも、でも……」

腹見せ、脚見せのアダルトウサギなんて着たくない。

それによく見たらお尻には丸い尻尾がついているし、肉球付きの手袋や靴下まであるのだ。マニアックにもほどがある。

そしてそれらのアイテムが、余計に真白を嫌がらせていた。

「やだよ〜やだよ〜」

往生際が悪いと言われても、嫌なものは嫌だった。

しかし真白がアダルトウサギを抱えて洗面所内をウロウロしていると、コンコンというノックの音がする。

「……真白くん、もう着ましたか？　もし一人では着られないというのなら、私が——」

「き、着ます、着ます！　着ますから、もうちょっと待って〜っ」

「そうですか。では、楽しみに待っていますから、着られたら出てきてください。私は洗面所の鍵を持っていますからね」

「うう……」

最後にしっかり脅しをかけられてしまった。

もしこのまま真白が洗面所に立てこもったら、その鍵を使って入ってきて、八尋が言うところの「無理やり着せる」プレイが始まるのかもしれない。

やだよ～やだよ～とシクシクしながらも、長嶺に服を脱がされて着せられるよりはマシかと思って、真白は渋々動きだす。

服を脱ぎ、腰回りしか隠してくれない短パンを穿《は》いた。

「ううっ…パンツ、見えちゃう……」

上からも下からも少し下着が覗いている。これはさすがにみっともないだろうと思い、真白はグイグイと短パンの中に押し込んだ。

どうせ素材自体がモコモコなのだから、多少押し込んだところで問題はない。

次にピンと立ち上がった耳付きのカチューシャと上着を手に取った真白は、溜め息を漏らしながらノロノロと上着に腕を通した。

「……ウ、ウサギ……」

どんな感じなのかとカチューシャをつけてみれば、耳や布の素材のおかげでちゃんとウサギ感が出ている。

しかし上着はノースリーブなうえに丈もひどく短いし、布の量自体はかなり少なめの露出過多な服だった。

「うえ～ん…変だよ、これ。絶対、変……」

ものすごくマニアックな感じだ。

アダルトというだけあって、怪しい香りがプンプンしている。

「猫はどうなんだろう。黒猫…充分変か。布が黒で、首輪と鈴が付いてたり、長い尻尾が付いてたりするぶん、八尋くんのほうがかわいそう？……うん、そんな気がする」

真白は一生懸命自分のほうがマシ探しをする。

黒猫よりは…八尋よりはかわいそうじゃないと、必死で自分を慰めた。

「……真白くん？　もう着られましたか？」

「うっ…一応…着ましたけど……」

「それはよかった。見せてくださいね」

そう言って長嶺は、カチャカチャと音を立てて鍵を解錠し、扉を開く。

「………」

目と目が合って、それから長嶺は真白の姿を上から下までしっかりと確認した。

「ああ、可愛いですね。よく似合ってます」

「う、嬉しくないですっ」

長嶺は真白をヒョイと腕の中に抱き上げ、洗面台の上に置いてあったウサギ手袋と靴下を掴んでリビングへと向かう。

真白をソファーに下ろすと、その手にミトン型の手袋を嵌《は》めた。

「こんなのを嵌められたら、何もできません」

「真白くんは何もしなくていいんですよ。私がしますから。ああ、なんて可愛いらしい」

しきりにそんなことを言いながら長嶺は、手袋につけられた肉球をプニプニといじり、それから真白の剥き出しの太腿を撫で、その手を下へとすべらせていく。

膝やふくらはぎを撫で回してから穿いていた靴下を脱がし、代わりにウサギ靴下を履かせた。

「……う～ん、完璧です。素晴らしい。真白くん、とてもよく似合っていますよ」

「だから、嬉しくないんですってば！」

「ああ、でも、どうせなら本物のウサギの毛で作らせればよかったですね。取り寄せるのに時間がかかると言われて、布で妥協してしまいました。この生地もとても触り心地がいいですが、本物のラビットファーならこれ以上ないほど完璧だったはずです」

「ひーっ」

本物のラビットファーなんてさらに嫌だと、真白は悲鳴を上げる。

「それにしても、真白くんは本当に色が白いですね。お腹なんて、真っ白です」

「日に焼けにくい体質だから…赤くなってヒリヒリするだけで、あんまり黒くはならないんです」

男らしく真っ黒になりたいと思ってがんばったときもあるが、日焼けクリームを塗って火傷のような痛みにも耐えたのに、結果は「ほんのり黒くなった」程度だったのでもう諦めてしまった。

痛みの大きさに対して、あまりにも成果が少なすぎたのである。

「白いほうが、よりウサギっぽくて可愛いですよ」

「あうっ……」

やっぱりがんばって日焼けするべきだろうかと、真白を悩ませる言葉である。

けれど、そうしたらそうしたで、「よりハムスターっぽくなった」と喜ばれる気もしてしまう。

うーうー言いながら困っていると、フカフカの手触りを楽しんでいた長嶺が眉根を寄せる。

「おや、下着を穿いているんですか？」

「だって……」

「これに下着は無粋ですよ。今度は何も穿かないでくださいね」

「……」

今度があるのかとは怖くて聞けない真白である。

「ああ、でも、ピンクの下着だったら可愛いかもしれません。フワフワの白から、チラリと覗くピンク…ウサギっぽいですね」

「……」

長嶺が真白の服をいくつも買ってくるから、最近の真白は長嶺好みの服を着ていることが多い。

真白としてもやっぱり恋人が喜んでくれれば嬉しいので、大人っぽく見せるための黒やグレーの服は封印中である。

けれどさすがにピンクの下着は嫌だと思う。せめて下着くらい…と思って、下着は封印中の黒とグレーを揃えていた。

このままではおかしな方向にいってしまうと思った真白は、一生懸命訴える。

「ボ、ボク、コスプレとか嫌なんですけど」

「コスプレなんて大げさですよ。セーラー服やメイド服を着せたわけではありませんし。ただの、ウサギじゃないですか」

「そうかもしれないけど…ウサギは立派にコスプレの一種のような気が……」

「いや、ウサギはウサギでしょう。ハムスターは、ただのハムスターですし」

「い、意味が分からない……」

「つまり、コスプレというほどのことではないということです。今回はたまたまオーダーしただけで、ウサギもハムスターも普通の店で売っているんですから」

「う〜ん？」

「それにほら、女装というわけでもないですし。八尋くんが着せられた、セーラー服やメイド服と比べてみてください。全然違うでしょう？」

「うう〜ん？」

「ベビードールなんて、女性ものの下着のようなネグリジェですよ。短くて、スケスケで、いやらしいものです。ね、全然違うでしょう?」

「うむむむっ」

ウサギやハムスターとは、嫌のレベルが格段に違う。確かにそれらのものに比べたら、ウサギパジャマなんてお遊びのようなものだった。

「八尋くん…かわいそう……」

「本当にね。うちの社長は趣味が悪い。やっぱり、小動物系ですよね」

「……う?　んんっ?」

なんだか話がずれていっているような…と真白は首を傾げる。

「真白くんは、本当に可愛いですねぇ。私の腕の中にすっぽり収まるプチサイズといい、言動といい、素晴らしく可愛らしいです」

「う～?」

「もっとも、自分が真白くんにハマるとは意外でしたが。別に、子供好きというわけでもないし…どうしてなんでしょうね?　そもそも人を好きになったことがないので、真白くんは特別なんですけど。そう考えてみると、真白くん自体が私の好みということですね」

その言葉は、素直に嬉しいと思う。

「ボ、ボクも、長嶺さん自体が好み」

だからこそ、こんな格好をさせられても嫌いにはなれないのだ。服が長嶺の趣味に変えられても、心から嬉しそうに可愛いと言われれば幸せな気分になってしまう。

八尋もきっとそれは同じで、真白よりもずっと拒否しそうな帝人のコスプレ趣味を受け入れるのも愛からなのだと分かる。

「長嶺さんでよかった……。セーラー服とか、嫌ですよ？」

「大丈夫。私にその趣味はありませんから安心してください。でも、ウサギやハムスターパジャマくらいは許してくださいね」

「はい」

セーラー服にメイド服、ベビードール…そんなものを着せられている八尋を思えば、動物パジャマくらいなんでもない。

コクリと頷く真白に、長嶺はニッコリと微笑む。

「よかった。ありがとうございます。このアダルトタイプは、真白くんの可愛い姿を見ながらあちこち触れていいですね。気に入りました」

せっかくのウサギだからと、長嶺は脱がせるのではなく隙間から指を潜り込ませてくる。

「や……」

真白はくすぐったいと身をよじるが、長嶺はクスクス笑いながら肌を撫で回す。

肌の中に潜り込んできた指が乳首を捕らえると、真白の体がピクリと跳ねた。

「な、長嶺さ…ベッド、行こ……？」

どうせするならベッドで、互いに裸になって求め合いたい。こんな格好で、自分だけいじられるのはいたたまれなかった。

「魅力的なお誘いですが、私はこのまましばらくウサギの真白くんと戯れていたいですね」

「うっ……」

それはちょっと、いたたまれない気がする。

普通の服を着ているときなら長嶺に甘えるのは大好きだが、こんなおかしな格好をしていると落ち着かないことこのうえない。

長嶺は可愛いと言ってくれるが、端から見たらとても滑稽なのではないのかと思うと気分が落ち込んでいく。

いくら見た目に子供っぽくても、真白はもう二十歳を過ぎているのだ。

とにかく、この格好は精神的につらい。なんとかして脱げないかと、真白はあちこちに視線をさ迷わせて考えた。

「お、お風呂！　お風呂に入らないと!!」

「今日は金曜の夜ですよ？　そう焦らなくても、あとで一緒に入りましょう。私が隅々まで洗ってあげますから」

「うう……」

その言い方、怖い…とは言えない。

今の、異様にノリノリの長嶺に何を言っても、真白には悪い方向に動いてしまうような気がしてならなかった。

「今は、恋人たちの時間です」

笑って剥き出しの肩にキスをされ、手がスルリと短パンの中に入り込んでくる。

「……あっ」

キュッと握られて思わず声を上げてしまった真白に、長嶺はクスクス笑いながら「真白くんは敏感ですねぇ」と嬉しそうに言った。

「そ、そんなとこ触られたら…誰だって……うーっ」

声を抑えないと、おかしなトーンになってしまいそうだった。

プルプルしながら真白が必死で快感をやり過ごそうとしていると、長嶺はそれでなくても短い上着をたくし上げて小さな乳首を露出させ、指先で摘まみながらクリクリといじる。

短パンの中で窮屈になったものをプルンと取り出し、長嶺はくすぐるようなやわらかなタッチで触れていった。

「やぁ……」

こんな格好は、全裸よりも恥ずかしいし、いたたまれない。

真白は顔を真っ赤にし、泣きたい気持ちで長嶺をジッと見つめた。

「そんなに熱く見つめられると、困ってしまいますね。このままこうして可愛がりたいのと、ベッドで激しく貫いてしまいたいのと」

「ベッド…が、いい……」

自分だけ弄ばれるのはつらい。

真白は腕を伸ばして長嶺の顔を引き寄せ、キスをする。とにかく長嶺にベッドに連れていってもらいたいから、舌を絡める大人のキスをがんばった。

「ふぅ、ん……」

鼻から、甘い息が抜ける。

「――」

最初は真白から仕掛けたキスのはずだったのに、いつの間にか主導権は長嶺へと移り、真白は必死で応えるだけになっていた。

まだまだスキルが足りず、長嶺に上手なキスの仕方を教わっている段階だから仕方ない。

長嶺のキスはそれだけでも気持ちがよくて、真白は無意識のうちに腰を押しつけて揺らめかしてしまう。

もっとも今は長嶺を誘惑するという使命があるから、これは状況に即した行動だった。

「あ、ふ…長嶺さんが…欲しい……」

呼吸の合間にそう訴え、長嶺の首にチュッと吸いつく。

「真白くん……」

真白の必死の誘惑は功を奏したらしく、長嶺はおもむろに立ち上がって真白の体を抱き上げる。そしてベッドに運ぶと、性急に真白に覆い被さった。

いつもよりも余裕のない長嶺の様子に巻き込まれながらも、真白はようやく普通に体を重ねられるとホッとしていた。

だがまさか、ベッドに来てまで脱がされないままだとは思いもしない。

長嶺の、「せっかくのウサギだから」という精神は遺憾なく発揮され、ウサギの上下はたくし上げられ、ズラされるだけでそのままだった。

淫らな格好のまま乳首を舐め回され、真白は甘い悲鳴を上げる。

「ひにゃぁあ」

「おや、子猫ちゃん系ですか？　それもまた、可愛らしい。じゃあ、今度は白猫か茶トラでも……。三毛も似合いそうですねぇ」

こんな場面でも、そんなことを嬉しそうに言う。余裕がないと思ったのは間違いで、長嶺はやっぱり長嶺だった。

「でも、今はウサギなんですから、どうせなら『クウ』とか、『キュウ』と鳴いてください。真白くんにそんなふうに鳴かれたら、たまりませんね」

「……………」

「可愛いウサギさん、いただきます」

笑いながらパクリと局所を咥えられて、真白は声を漏らす。

「キュウゥゥゥゥ」

リクエストに応えるなんてバカだと思いつつ、「ウサギはクウかキュウ」などと言われたのが妙に脳みそに刷り込まれてしまった。

だって、長嶺のことが好きなのである。

真白の脚を抱えて遠慮なく舐め、吸いつく長嶺に、真白の呼吸は一気に荒くなる。喉からはクウクウと音が漏れ、切ない鳴き声を上げた。

上のほうの階では黒猫の、下のほうの階では白ウサギの鳴き声が、いつまでも甘く響いているのだった。

あとがき

こんにちは～。このたびは、「秘書様は溺愛系」をお手に取ってくださいまして、どうもありがとうございます。

これは、「婚約者は俺様生徒会長」シリーズの、帝人《ていと》の秘書だった長嶺《ながみね》の話になります。完璧主義で、自分にも他人にも厳しい長嶺は、世の中のほとんどの人間を信じていません。父親が主家である鷹司《たかつかさ》家に忠実で、いざとなったら家族よりも鷹司の人間を取ると知っているからです。小さな頃から兄の怖さを教え込んできた弟に対してはガードが緩みますが、それでも完全に気を許すとまではいっていません。

だからそんな長嶺の恋愛は問題ありで、恋人といえども自分の部屋には上がらせず、常に仕事優先。エスコートはきちんとしながらもそこにぬくもりはなく、最後はいつも「私のこと、愛してる?」という恋人の疑問がきっかけで別れることになるという。長嶺は穏やかな笑顔の仮面をつけて「もちろん愛しているよ」と答えますが、その理由は言い争いになるのが面倒くさいから。かなりひどい男です。

そんな恋愛音痴というか、恋愛不感症というかの長嶺、いざ愛する人ができれば溺愛系です。ガッツリ腕の中に抱え込んで、デロデロに甘やかします。ある意味、恋愛経験がゼロなわけなので、大人になってからかかる麻疹《はしか》と同じで重症なのでした。

そんな長嶺に愛される真白《ましろ》は、病弱がゆえに両親によって大切にされすぎた、温室育ちの純粋無垢な小動物系です。お坊ちゃま校の気のいい友人たちにも過保護に守られ、汚いものを見ずに育ちました。警戒心に乏しく、人を騙そうなんて思いもしない希少なタイプなだけに、人間不信な長嶺も安心して一緒にいられるのです。どっちもちょっと生きていくうえで問題ありな性格なので、割れ鍋に綴じ蓋カップルですね（笑）

このシリーズで、毎回うっとりなイラストを描いてくださる明神翼《みょうじんつばさ》さん、どうもありがとうございます。真白が…真白が可愛いぃぃぃぃ！！　なんじゃ、この可愛さは…と身悶えしてしまいました。小動物系が大好きな私のハートをズバッと射抜きましたよ。

こんな可愛い子が恋人だったら、そりゃ、ウサギやハムスターのパジャマくらい着せるよね。経済力に物を言わせて、オーダーメイドくらいするよね。そのうちインターネットで真白に似合う服はないかと探し始め、長嶺のパソコンのお気に入り登録が変態チックなものになりそうで怖いです（笑）

明神さんのラフはいつもきちんと描き込まれているので、見るとああ〜ん♡という感じです。鉛筆描きのタッチが好きな私としては、ペン入れされたものと両方見られてとてもラッキー。字書きの特権ですな〜♪　私はキャララフを見られて、表紙や扉のラフも見られて、おまけに本分ラフまで見られるのです〜。はーっ、本になるのが楽しみ♡

小説を書いている途中では、なんだか進まないよ～と焦ってみたり、ものすごーく肩が凝ってつらかったりとなかなか大変ですが、書きあがってしまえばあとは幸せが待っています。この喜びを糧に、これからも地味地味～っとがんばっていくつもりですので、よろしくお願いします。

若月京子

こんにちは、明神翼です☆
「秘書様は溺愛系」、とっても可愛い素敵なお話で、キュンキュンしながら楽しくイラストを描かせていただきました♡
ハムでウサな真白がツボです♥（笑）
まさかの主役に抜擢の、帝人の秘書・長嶺…実は可愛いの好きとは……ビックリ☆（笑）
でもこのお2人は、とってもお似合いの恋人だな〜と、描きながらニマニマしてしまいました◎ ホント、真白かわいい♪（あ、もちろん、性格や行動、しゃべり方とかキャラの内面がですよ☆）
若月京子先生、この度も楽しく可愛いお話と萌えをありがとうございました——、!! 数々のコスプレ大会、とっても楽しかったです〜♡
お色気黒ニャンコ八尋もできることならば描いてみたかったですね☆

みょうじんつばさ☆/御礼

KYOKO WAKATSUKI
若月京子
illust◆TSUBASA MYOHJIN
明神 翼
お前も俺のこと、好きだろう?
婚約者は俺様生徒会長!?
小さい頃から男にモテモテの美少年・中神八尋が入学したのは全寮制男子高校。上流家庭の子弟が通うセレブ校だが、生徒の大半がホモという超危険地帯！　野暮ったい変装で美貌を隠し、地味で平穏な学園生活を望む八尋だが、人気も俺様ぶりもナンバーワンという生徒会長にして鷹司財閥御曹司の帝人に気に入られて婚約するはめに。それを帝人の親衛隊が黙っているはずもなく——!?

DB ダリア文庫

よれたスーツに黒縁メガネ、冴えないダメリーマンの佐藤太郎。それは美貌と強烈なフェロモンで男を虜にし『糧』を得る淫魔・カイトの世を欺く姿。獲物を物色中のカイトの前に現れたのはイケメンで有能な上司・狩谷。カイトは早速誘惑するが…!?

✻ 大好評発売中 ✻

私にとって、この世で
今のキミより大切なものはない――

平凡な大学生・榊原連太郎の恋人はハンサムで優秀な歯科医の村瀬一明。だが、その本性は他人の苦悶の表情を見るのが無上の喜びという、とんでもないサドのケダモノ！　しかも香港マフィア「龍牙」の後継者にして黒社会のプリンスと謳われる男だった。一明の強引かつ巧妙な話術に翻弄される連太郎は香港へ行くはめに!?　書き下ろしをプラスしてシリーズ全10巻が連続リリース！

シリーズ1冊目！
紅茶王に魅せられて――
紅茶は媚薬
紅茶専門店を作りたい大徳寺静佳は、幻の紅茶の販売契約のため単身で紅茶王ヒューイット・モームの元に乗り込む。一度はすげなく断られるが、食い下がる静佳にヒューはテストに合格したら販売を許可すると言う。そのテストとは出される紅茶の中から、ヒューが指名した紅茶を当てること。だが、はずれの紅茶には媚薬が入っていて…。二人の後日談の書き下ろしつき！

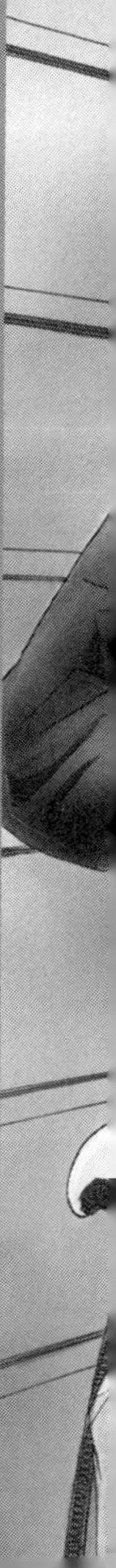

ダリア文庫をお買い上げいただきましてありがとうございます。
この本を読んでのご意見・ご感想・ファンレターをお待ちしております。

〈あて先〉
〒173-8561　東京都板橋区弥生町78-3
(株)フロンティアワークス　ダリア編集部
感想係、または「若月京子先生」「明神 翼先生」係

✻初出一覧✻
秘書様は溺愛系……………………書き下ろし
秘書様の困った趣味………………書き下ろし

秘書様は溺愛系

2012年7月20日　第一刷発行

著者　若月京子

発行者　藤井春彦

発行所　株式会社フロンティアワークス
〒173-8561　東京都板橋区弥生町78-3
営業　TEL 03-3972-0346　FAX 03-3972-0344
編集　TEL 03-3972-1445

印刷所　中央精版印刷株式会社